엄마는 죽을 때 무슨 색 옷을 입고 싶어?

엄마는 죽을 때
무슨 색 옷을 입고 싶어?

신소린 지음

해의시간

이 책을 읽는

딸들에게

엄마의 행복한 장례식

고백으로 시작해야겠습니다. 엄마의 장례식을 이야기해보겠다고 나섰다지만, 부끄럽게도 저는 효녀도, 곰살맞게 구는 딸도 아니에요. 엄마는 내 목소리 한 번 듣는 게 대통령 만나는 것보다 힘들다고 20년째 불평합니다. 이제 와 생각하면 바쁜 게 더 편했던 것 아닌가 싶습니다. 엄마와 시시콜콜 많은 이야기를 나누는 다정다감한 딸은 못 되어드렸거든요.

못다 한 마음 때문일까요. 매일, 불 켜진 장례식장 앞을 지나 퇴근하던 때가 있었습니다. 죽음은 늘 두렵고 슬픈 것이지만, '나도 언젠가는 상주가 될 텐데….'라는 데까지 생각이 미치는 날이면, 느닷없이 찾아올 엄마의 죽음은 감히 상상조차 되지 않았지요. 그렇다고 엄마의 삶을 슬프고 엄숙하게만 기념하고 싶지는 않았어요. 사연 모를 조문객들과 수백 번의 절을 나누는 것으로 엄마의 마지막을 기억하고 싶지는 않았습니다.

처음에는 엄마에게 좋은 마지막을 선물해주고 싶었어요. 그래서 이 책은 '엄마에게 선물한 죽음'이라는 제목으로 시작했어요. 그런데 쓸수록 뭔가 뒤바뀐 것 같다는 생각이 들었습니다. 엄마와 이야기를 주고받으면서 오히려 제가 선물을 받았거든요. 죽음으로 삶을 완성하는 데는, 보내는 사람이 아니라 떠나는 사람의 인생에 중심을 두는 게 더 중요하다는 것을 깨달은 거죠. 그렇게 내가 선물하려 했던 죽음에서 '엄마가 원하는 죽음'으로 화두가 바뀌었어요.

'엄마는 죽을 때 무슨 색 옷을 입고 싶어?'라는 질문은 이 책의 화두를 꺼내는 동시에 더 많은 질문으로 이어지게 해주었어요. 질문들은 단순하고 현실적이었습니다. 대답들은 담담하고 소박했습니다. 하지만 엄마와 나눈 이야기에는 삶과 죽음에 관한 여러 생각이 담기더군요. 무의미한 연명치료를 어떻게 생각하는지, 시신이나 장기를 기증하고 싶은지, 화장 혹은 매장하기를 바라는지, 장례 방식은 어떻게 하고 싶은지, 유품 정리는 어떻게 하고 싶은지… 엄마의 이야기가 남긴 여운은 길었습니다.

어쩌면 작별 인사의 시간이 길 수도 있겠습니다. 치매가 찾아오거나 요양원에 의지하게 되는 일은 언제든 현실이 될 수 있으니까요. 그래서 치매 환자 또는 치매 환자의 가족으로서 어떻게 생활하고 싶은지, 평온하고 품위 있는 죽음을 어떻게 맞이할 수 있는지 이야기해보고 싶었어요. 그리고 요양원에 대한 불편함과 거리낌의 정체는 무엇인지도 궁금했어요.

이 순간 감사하는 것은 할머니의 존재와 삶이에요. 병원에서 집으로, 집에서 유치원과 요양원을 거치며 1년여간 이어진 할머니 치매 간병을 계기로 죽어감과 죽음에 관해 엄마와 이야기하기 시작했거든요. 자칫 민감하고 불편할 수 있는 이야기를 할머니 덕분에 부담스럽지 않게 나눌 수 있었어요. 할머니를 바라보면서 엄마는 당신의 노년을 그리고 있었습니다. 그리고 어느새 저도 그런 엄마를 보며 저의 노년을 그리고 있더군요.

그렇게《엄마는 죽을 때 무슨 색 옷을 입고 싶어?》가 완성되었네요. 엄마가 그린 장례식은 엄마의 인생을 축복하고 능동적으로 마무리하도록 도울 것입니다. 한 가지 더 기쁘고 다행인 일이 있습니다. 이 책을 준비하며 엄마와 많은 이야기를 나누게 된 일입니다. 엄마는 "또, 또, 뭐 얘기해줄까?"라며 무심하던 딸과의 대화를 기다리십니다.
누군가의 죽음에 관심을 기울이는 것은 그 사람의 삶을 사랑하고 있다는 뜻인 것 같아요. 죽음을 맞이하는 방법에 정답이란 없겠지요. 다만 각자의 답이 있지요. 죽음에 대해 평소 생각한 것을 서로 이야기 나누는 과정에서 가족과의 관계 회복이라는 행복이 덤으로 따라왔습니다.
이 책을 읽는 당신 역시 자신에게 혹은 누군가에게, 아름다운 마무리를 준비하며 인생의 완성을 이루는 '선물'을 하기 바라요.

2020년 봄

신소린

차례

2장 다섯 자매의 창의적인 죽고 싶은 방법

3장 할머니! 유치원 다녀오셨어요?

4장 죽음아! 너도 뭔가를 해야 하지 않겠니?

5장 엄마의 소풍은 진행 중

6장 근데, 엄마가 보고 싶어지면 어떻게 해?

1장

60살 막내와 7남매의 좌충우돌 효도기

외할머니의 나쁜 년, 죽일 년

"아이고, 언니! 언니! 나가 제 명에 못 살 거 같당께….

다급하게 울먹이는 목소리가 엄마의 휴대전화를 타고 들려왔다. 둘째 이모였다. 깜짝 놀라 두 눈이 휘둥그레진 나는, 수화기 너머 들려오는 이모의 한마디도 놓치지 않으려고 엄마 옆에 바싹 다가가 앉았다. 간간이 들려오는 소리는 정체불명의 욕설이었다.

"나쁜 년, 죽일 년… 감히 @#$% 내 다리를 &*@# 함부로 xxxxx…."

도대체 영문을 모를 일이었다. 내가 아는 둘째 이모는 천사다. 심성이 착해 말 한마디를 해도 정이 뚝뚝 떨어지고, 마주보기만 해도 눈에서 사랑이 주렁주렁 열리는 스타일이다. 그런데 도대체 왜, 어디서, 누구에게 저리 된통 당하는 건지 답답하기만 했다.

'누구? 누군데 쌍욕이야?'

엄마에게 눈짓으로 물으니, 전화기를 놓지 못한 엄마가 입 모양으로 답했다.
'외할머니.'

엥? 천사 같은 둘째 이모를 향해 듣도 보도 못한 욕을 해대며 악쓰던 사람은 담양 외할머니였다. 엄마와 이모의 엄마. 이모를 달랜 엄마가 차분하게 할머니를 바꿔달라고 했다. 엄마는 한쪽 코를 막고 목소리를 바꾸더니 의사 행세를 했다.

"할머님, 저 의산데요. 오늘 밤은 싸게싸게 주무시고 내일 병원 오쇼잉. 다리도 지가 봐드릴게요잉."
"예에, 선상님."

할머니를 진정시키는 엄마의 특단의 조치는 바로 의사 선생님이 되는 것이었다. 꼭 칭얼대는 어린아이에게 순경 아저씨가 잡으러 온다고 어르는 모양새다. 할머니는 언제 그랬냐는 듯 금세 진정을 찾고 얌전해지셨다. 신통방통하게 효과가 있었다. 다리 깁스를 풀어달라고 소리 지르시는 할머니를 안정시킨 뒤, 엄마는 이모에게 내일 요양보호사님이 오는 시간에 꼭 나가서 산책하라는 당부를 잊지 않으셨다.

지난 6개월간 할머니를 24시간 병간호해온 엄마는 탈출이 필요하다며 나에게 3박 4일간 여행을 온 참이었다. 엄마는 할머니의 병원 치료와 치매 간병으로 몸과 마음이 지쳐 있었다. 엄마는 공식적으로 '치매 간병 해방 여행'을 선언하며 잠시 동생들에게 할머니를 부탁했다. 덕분에 서울 사는 둘째 이모에게 효도할 기회가 돌아왔다. 이날은 엄마가 잠시나마 꿀맛 같은 여유를 누리는 첫날이면서 둘째 이모가 혹독한 신고식을 치르는 날이기도 했다.

그나마 최근 들어 일주일에 5일, 낮에 2시간 30분 동안 자유 시간이 생긴 건, 재가복지센터에서 요양보호사를 보내주기 때문이었다. 엄마는 그 시간 동안 이모에게 집 밖으로 나가 꼭 쉬라고 당부했던 거다. 그 시간이 얼마나 어렵게 얻어낸, 어마어마한 시간인지 모른다고, 엄마는 뭔가에 맞서 싸워 자유를 쟁취한 투사처럼 말했다. 엄마가 들려주는 간병 이야기는 거의 무용담이었다.
의학 용어는 아니지만, 전날까지 할머니를 돌보았던 엄마가 만들어낸 단어, '과격 행동 발작'이 모든 상황을 단박에 이해시켰다. 엄마가 진단한 할머니의 발작은 1, 2주에 한 번씩 심하게 온다. 다행인지 불행인지 엄마가 간병 해방 여행을 오신 날 발작이 시작되었고, 하필이면 둘도 없이 착한 둘째 이모가 제대로 걸린 모양이었다.
전화를 끊은 엄마가 성악설까지 들먹이며 할머니의 증상을 묘사했다. 발작이 있을 때마다 사람이 완전히 달라지는 게, 눈빛도 표독하고, 아귀힘도 세지는 모습을 보면 도덕 시간에 배운, 사람이 악하게 태어난다는 철학자의 말이 백번 천번 옳은 것 같다고 했다. 특히 어디서 오는지 모를 초인적인 힘을 끌어모아 누구에게든 가리지 않고 험한 말을 섞어가며 독기를 쏟아낸다는 것이다. 둘째 이모의 치매 돌봄 신고식은 욕이 속사포 랩처럼 쏟아지는 힙합 공연 같았다.

할머니의 치매가 처음 나타난 것은 대략 10년 전으로 추정된다. 그때 할머니는 누가 자꾸 호미를 훔쳐 간다고 가족들에게 역정을 내셨다. 하지만 호미는 줄기는커녕 자식들이 들를 때마다 새로 사 들고 가는 덕에 오히려 늘어만 갔다. 그래도 지난해까지는 끼니를 챙기거나 용변을 보시는 등 혼자서도 기본적

나쁜년~ 죽일년~ $%#@₩
가아암히이~ *&※$
내- 다리를~
*&※$

인 생활을 하시는 데 전혀 무리가 없을 정도로 가벼운 치매 환자셨다.
게다가 담양 할머니 댁과 가까운 광주에는 7남매 중 첫째, 셋째, 넷째, 다섯째 딸이 살았다. 딸들, 그러니까 내 이모들은 할머니가 밥과 국은 잘 챙겨 드시는데, 반찬은 제대로 못 챙겨 드시는 게 안타깝다며 일주일에 서너 번씩 할머니 댁을 찾았다. 일주일에 하루는 다 함께 할머니를 모시고 목욕탕을 가거나, 텃밭 정자에서 삼겹살 파티를 하곤 했다. 이렇듯 작년까지는 비교적 큰 희생 없이 치매를 앓으시는 할머니를 보살필 수 있었다. 할머니를 24시간 돌볼 만큼 치매가 깊어진 '5센치' 사건 전까지는 할머니도, 7남매도 모두가 평화로웠다.

별안간에 '나쁜 년, 죽일 년'이 된 둘째 이모의 전화로 엄마와 나는 할머니에서 치매, 죽음으로 자연스럽게 대화를 이어가게 되었다. 엄마는 할머니의 치매를 바로 옆에서 지켜보며 종종 당신의 죽음을 비추어 본다고 고백했다. 그러면서 엄마의 '죽음'과 '죽어감'을 지켜보아야 할 나를 염려했다. 살아온 날보다 남은 날이 더 적기에, 엄마는 남은 삶을 죽음 쪽에서 바라보는 듯했다. 엄마는 이야기를 더해가면서 보이지 않던 당신의 죽음에 하나둘 구체적인 옷을 입히기 시작했다.

"나가 만약 의식 없이 중환자실에 가게 되믄, 쓰잘데기없는 생명 연장은 하지 마라잉. 그동안 수없이 봤잖냐? 심장이 멈추면 심폐소생으로 살려내블제, 숨 못 쉬면 산소호흡기를 꼽아서 또 살려내븐당께. 긍께 그런 거 절대 꼽지 마라잉!"
"응? 산소호흡기를 꽂지 말라고?"
"산소호흡기라는 게… 아이고, 꼽기는 쉬워도 도로 빼기는 어렵제."
"그치, 그거 꽂자고는 누구나 말해도, 빼자고는 누가 감히 얘기할 수 있겠어!"
"그랑께 아예 꼽을 생각도 하지 마라잉. 그라고 그 결정은 니가 해야 헌다잉."
"나? 오빠도 있는데 그걸 왜 내가 해? 그런 건 장남이 결정해야지."
"야야, 우리나라에서 장남은 주위 이목 때문에 그런 결정을 못해브러. 또 며느리는 어떤 의견을 내건 입방아에 오르니 결정 못 해브러야아. 딸인 니가 해야 하는 일이다. 알긋나잉!"

병원에서 본, 모양부터 위압적인 첨단장치들과 긴 호스들 그리고 의료 차트에 쓰여 있던 어려운 의학 용어들이 머릿속을 둥둥 떠다녔다. 건강하게 오래 사는 것은 축복이고 죽음은 늦추면 늦출수록 좋은 거라 여겼기에, 현대의 의과학이나 의술을 활용하면 활용할수록 좋은 거라 믿었다.

그런데 엄마는 너무도 단호하게 생명 연장술을 거부했다. 나는 이게 과연 엄마의 본심일까, 의심하면서도 그동안 당연하게 여겨왔던 죽음에 인간이 개입할 수 있다는 믿음이 정말 그렇게 당연한 걸까, 선뜻 동의하기가 어려워졌다. 엄마는 당신의 결정을 내가 지키고 따르기를 명령하며 주름진 눈에 힘을 주었다. 죽음 앞에 이렇게 비장하기가 꼭 독립투사가 거사를 준비하는 것처럼 거창해 보였다.

"야 있냐. 산소호흡기 꼽으면 말을 못 해불잖냐. '이보시오, 의사 양반! 내가 이만 죽고 싶으니 나를 그만 보내주쇼.' 이 말을 우째 전달하긋냐! 혹시 내가 느그들헌티 미안했던 일이 생각나 사과하고 싶어도, 그것도 할 수가 없을 거 아녀. 입을 막아버링께!"

"엄마, 전에 〈잠수종과 나비〉라는 실화 영화에서 본 건데, 전

신마비 환자가 눈으로 대화를 하더라고. 우리도 왼쪽 눈을 한 번 깜빡이면 ㄱ, 두 번 깜빡이면 ㄴ… 이렇게 자음, 오른쪽은 아, 야, 어, 여… 모음이라고 정하자. 연습해볼까?”

얼척없다며 웃던 엄마가 눈을 두어 번 찡긋하다가 살짝 경련이 왔는지, 밥 먹었냐고 한마디 하다가 숨넘어가겠다며 손을 내저었다. 그리고 병원 중환자실은 면회 시간이 정해져 있으니, 당신이 기운이 나서 말하고 싶어도 병원이 그 시간을 못 맞추지 않겠냐고도 했다. 무엇보다도 어느 침대에 있는지 찾지도 못하게 죄다 똑같은 모습으로 줄줄이 누워 마지막을 기다리는 중환자실에서, 어디로 연결되는지도 모를 튜브를 주렁주렁 단 채, 눈만 끔뻑끔뻑하는 외계인처럼 기억되기는 싫다고 했다. 그러고 보면 치료 효과 없이 생명만을 연장하는 생명 연장술은 못 떠나는 자도 안타깝고, 못 보내는 가족도 안타까운 시간만을 연장하는지도 모르겠다.

“엄마, 보통 그런 순간이 오면 가족 간에 의견이 많이 갈리잖아. 드라마만 봐도 울고불고 난리던데….”

“마지막에 효도 한번 하고 싶은 마음은 알제. 꼭 불효자식들이 더 그래야. 그동안 한 짓이 미안해서리. 근데, 엄마들은 괜찮여. 그냥 보내줘브러야."

"너무 슬프니까 그렇지."

"뭐 나만 죽냐? 다 죽는 기제. 눈덩이같이 불어나는 병원비는 또 어찌할 끄나? 남은 자식들 불쌍해서리…. 나는 병원 브이아이피VIP 되기는 싫다. 무슨 백화점도 아니고잉."

"브이아이피 고객? 하하하, 말 되네."

"죽어도 못 보낸다고 하면 간단한 방법이 있시야. 반대하는 자식헌티 앞으로 발생하는 병원비를 다 내라고 하면, 바로 생각이 바뀌어블걸? 허허허."

3박 4일간의 짧은 여행이었지만, 나는 엄마 옆에 꼭 붙어서 오래도록 잊지 못할 많은 이야기를 나눴다. 그것도 어렵고 무거운 주제인 '죽음'에 대해서.

평소 같으면 불편하고 민감해서 피했겠지만, 엄마는 종종 무슨 생각을 하는지 모를 표정을 짓는 할머니를 돌보며 매일 죽음이 던지는 물음을 마주했을 것이다. 그래서 오늘 죽음을 말하는 것이 얼마나 중요한지, 그리고 그렇게 말할 수 있다는 것이 얼마나 감사한 일인지 엄마와 나는 말로 하지 않으면서도 온 마음을 다해 말하고 있었다.

죽음에 관해 낯설면서도 뭉클하고 귀여우면서도 어딘가 상쾌하기까지 한 엄마의 생각과 말들은 그 어떤 죽음에 관한 철학적인 이야기보다 내 마음에 깊은 각인을 남겼다. 엄마가 아흔이 넘으면, 나는 지금의 엄마를 기억해내고, 엄마가 들려주신 이야기를 떠올리며 크고 작은 선택을 하겠지!
그때 나, 잘할 수 있을까?

황천길 될 뻔한 15센치, 효도

엄마가 치매 간병 해방 여행을 온 둘째 날, 6개월간의 긴 여정을 풀어냈다. 할머니는 치매를 10년간 앓아오셨어도 별문제 없으셨다. 그러다 갑자기 심해지신 가장 큰 이유는 넘어지면서 다리가 부러지셨기 때문이었다. 6개월 전, 7남매 중 막내이자 작은아들인, 작은삼촌이 담양에 내려왔을 때, 할머니 댁 안방으로 들어가는 미닫이문이 '드르르 턱' 하고 걸리면서 잘 열리지 않았다. 엄마는 그날을 아직도 원통해했다.

"미닫이문을 고친담서 문턱을 5센치 높여놨당께. 그것이 이 전쟁 같은 나날의 시작이 되어부렀징. 결국 다리가 부러져 수술했당께. 그러고 바로 치매가 심해져부렀시야."

회색 장발의 웨이브 머리에 뿔테안경을 써서 영화배우처럼 멋진 서울 작은삼촌은 할머니를 생각해서 통 크게 보수공사를 했다가 그만 낭패를 봤다. 90대의 노화에 접어든 노인에게는 그 정도 문턱도 위험하다는 것을 잘 몰랐던 60대 막내의 효도였다. 삼촌은 뜻하지 않은 결과로 체면을 다쳤고, 엄마는 간호 스트레스로 마음을 다쳤고, 둘째 이모는 과격한 속사포 욕으로 할머니에 대한 기억을 다치고 있었다.
사실 문턱만은 아니었다. 부엌 전등이 오래돼서 안 보인다고도 했더니, 작은삼촌은 통 큰 효도의 일환으로 '세련된' 간접 조명등을 달아놓았다. 시골집에 간접등이 웬 말이냐며, 엄마는 눈이 더 침침했단다. 다시 안방과 부엌 전등을 엘이디LED 등으로 해달라는 부탁에, 작은삼촌은 안방 전등만 갈고 갔다. 몇 주 후 들른 큰아들, 큰삼촌도 마찬가지였다. 할머니 화장실 가실 때, 계단이 위험하니 화장실 계단 해결하고, 작은아들이 안 하고 간 부엌 전등을 마저 갈아달라고 했지만, 큰아들은 부엌 전등만 갈고 갔다.
큰아들은 부엌 등 갈고, 작은아들은 안방 등 갈라고, 외할머니가 아들을 둘 낳았나 보다고 너스레를 떨었지만, 속으로는 엄청나게 찔렸다. 나도 엄마 집에 가면 누워만 있기가 태반이다. 불편해서 고칠 데는 없나 둘러보기는커녕, 밥 먹으라고 차려 주시는 것도 귀찮다. 엄마 집에만 가면 왜 아무것도 안 하고 쉬고만 싶은 걸까.

이런 사정으로 할머니는 넘어지신 뒤 두 달 넘게 입원하셨다. 뼈가 붙으려면 움직이면 안 되는데, 할머니는 다리 깁스가 갑갑하니 자꾸 풀어달라 하시며 잠시도 가만있지 않으셨다. 엄마는 할머니를 밤낮없이 쫓아다니며 말리느라 잠자는 시간도 부족했다. 주변의 제지가 계속되면서 할머니의 과격 치매 발작이 잦아졌다. 엄마 말대로 '딱 미치고 팔짝 뛰게' 힘든 시간이었다.

문득 엄마가 왜 24시간 병원에 있었는지 궁금했다. 간병인제도도 있지 않은가 하는 생각도 들었다. 엄마는 할머니 상태가 간병인이 감당할 정도가 아니었다고 말했다. 밥상을 엎어버려서 온 병원을 혼돈의 도가니로 만들고, 집에 가야 한다, 여기가 어디냐, 개밥 줘야 한다 고래고래 소리 지르셨단다.

말만 들어도 여간 힘든 일이 아니었겠다. 그래서 엄마는 그때 어서 퇴원만 했으면 했단다. 밤마다 잠도 설치고, 다른 병상 환자들에게도 미안하고, 뭣보다 할머니도 힘들어하고, 당신 삶도 엉망이 되었단다. 그때만 해도 퇴원 후에 무슨 일이 벌어질지는 상상도 못 했단다. 차라리 병원이면 수면제 처방도 해주고 발작이 나면 도와줬을 거란다.

할머니를 쫓아다니며 소리만 안 질러도 살 것 같다면서 엄마는 긴 한숨을 뱉었다. 병원에서의 두어 달은 엄마가 주로 할머니를 돌봤다. 이모들까지 나서서 도왔지만, 끝내는 모두 두 손

5cm

두 발 다 들었다. 네 딸뿐 아니라, 그 딸들의 가정까지, 삼대에 이르는 한 집안의 대소사가 결딴나기 직전이었다.

퇴원 날이 다가올 즈음, 누구도 감히 할머니를 돌보겠다며 나서지 못했다. 그렇게 할 기력도 남아 있지 않았다. 할머니를 집으로 모실 것인지, 요양병원에 입원시킬 것인지, 모두 장녀인 엄마의 결단만 기다렸다. 큰 결심을 하고, 엄마는 요양병원에 상담하러 갔다. 상담 후 엄마는 생각을 완전히 바꿨다.

"요양병원은 아직 아닌 거 같드라고."
"왜? 그냥 보살피기만 하는 게 아니라 치료도 받을 수 있게 해주잖아?"
"본께, 치매 동반 환자라고 해도 규칙적인 간호밖에 받을 수 없디야. 환자가 호출한다고 의료진이 싸게 달려가거나, 문제 행동을 사랑과 정성으로만 대하는 건 아니라고 솔직하게 얘기 해주드라고."
"요양병원이래도 모든 치매 환자를 잘 돌보기는 어렵구나."
"치매는 다른 병과 달라서 정상 간호가 불가능하디야. 기저귀 채워 병상에 묶어두는 경우도 있다잖냐. 아직 멀쩡할 때도 있으신 할머니가 가만히 계시겄냐?"

그렇게 할머니는 깁스를 한 채로 요양병원이 아닌 원래 사시던 집으로 퇴원하셨다. 치매 과격 발작으로 '겁나게' 정이 떨어지더라도, 엄마가 할머니를 서너 달이라도 집에서 모시기로 마음먹은 건, 동생들한테도 마지막 효도할 기회를 주고 싶어서였다고 했다. 그래도 돌아가시기 전에, 한 번은 가족의 돌봄을 받으셔야 하지 않겠냐고.

할머니는 30분마다 내 다리가 왜 이러냐고 물으셨다. 시도 때도 없이 깁스를 잘라야 하니 가위나 칼을 가져오라고 고함을 질렀다. 뼈는 붙기가 무섭게 다시 벌어졌다. 목소리는 어찌나 큰지, 90대 노인이 맞나 싶었다. 할머니에게 세게 얻어맞아, 엄마 팔뚝이 시퍼렇게 멍들었을 때도 있었다. 노인네가 앞뒤 사정없이 오지게 때리니, 피할 방도가 없었단다. 내 부모인데도 천불이 나고, 말 안 통하는 사춘기 자식 같아 등짝을 한 대 때리고 싶을 정도라고 엄마는 털어놨다.

"그래서 할머니 돌아가실 때까지 집에서 모실 계획인 거야?"
"지금은 아무것도 장담 못 해야. 나도 처음 겪는 일이니, 일단

2개월만 해볼라고 했제. 다리뼈가 붙을 때까지만이라도. 혼자 화장실은 가셔야 요양병원에 가시더라도 대우가 안 낫겄나 싶드랑께."

"그러네. 대소변을 못 가리시는 건 아니고, 다리가 불편하신 거니까. 화장실 가는 거를 누가 도와드려야 하네."

"아직은 기저귀를 차거나, 병상에 묶이는 단계는 아닝께. 할머니가 애먼 소리하다가도 한순간에 맨정신으로 돌아오셔야. 너 아까참에 말한 거랑 다르다고 따지면 할 말이 없당께. 갑자기 멀쩡해져부러."

어쨌든 '5센치' 사건 덕분에(?) 할머니 댁은 제대로 공사에 들어갔다. 엄마는 할머니가 회복이 잘 안 되시는 연세라, 엉덩이뼈라도 부러지는 날이 또 오면 그때는 하릴없이 돌아가실 거라고 걱정했다. 사연 많고 탈 많았던 할머니 댁 문턱은 그렇게 잘라 없애버렸다. 없애는 김에 낡은 철 대문의 아래쪽 틀도 시원하게 잘라냈다.

10여 년 전, 할머니가 홍학처럼 한 발로 선 채 양말을 신으시는 모습을 보고 놀랐던 게 기억난다. 나도 한 발로는 중심을 잘 못 잡아 의자에 앉아서 양말을 신는데 말이다. 그랬던 할머니도 세월은 피해 가지 못하셨다. 누군들 그럴 수 있으랴!

40대인 나는 작은 글씨가 안 보이기 시작했다. 70대 엄마는 계단을 오르내리는 게 힘들다고 한다. 90대 할머니는 5센티미터 문턱에 걸려 넘어지셨다. 누구도 피할 수 없는 노화가 불편으로 느껴지는 이유는 우리 생활 터전이 젊은 시절에 멈춰 있기 때문은 아닐까? 젊음이 정상이고 늙음은 그렇지 않다는 식의 부정적인 뉘앙스를 담고 있는 공간이나 디자인은 조금만 주위를 둘러봐도 널려 있는 것 같다.

우리가 평생, 어쩌면 죽을 때까지 공부하고 이해해야 하는 것이 있다면, 모두가 지나온 젊음이 아니라, 다가오는 늙음일 것이다.

100세가 되면 어떤 것들이 필요하게 될지 궁금해진다.

누구도 피할 수 없는 노화가
불편으로 느껴지는 이유는
우리 생활 터전이
젊은 시절에
멈춰 있기 때문은 아닐까?
우리가 평생, 어쩌면 죽을 때까지
공부하고 이해해야 하는 것이 있다면,
모두가 지나온 젊음이 아니라,
다가오는 늙음일 것이다.

송씨 일가의 효도 분량 포인트제

엄마의 간병 해방 여행 셋째 날. 나는 귀찮을 정도로 엄마에게 이것저것 질문을 쏟아냈고, 엄마는 평소 무심한 듯하던 딸의 관심에 신이 났다. 이모 삼촌들과 주고받은 '가家톡방' 메시지를 일일이 보여주며 '효도 분량 포인트제'라는 걸 설명할 때는 과제를 잘 끝내서 칭찬을 조르는 유치원생 같았다. 간단히 말해, 간병 시간을 포인트로 쌓아 효도한 양을 측정하는 거다.

사실 할머니 퇴원 직후, 가톡방은 전에 없이 조용했다. 아무도 적극적으로 간병에 대한 의견을 내거나 계획을 묻지 않았다.

담양 외할머니는 7남매를 낳으셨다. 그 시절 어르신들이 다 그렇듯, 할머니가 워낙 큰아들, 큰아들 하니까, 늘 못 얻어먹는 딸들이야 그러려니 하고 살았다. 할머니가 둘째 아들을 딸들과 똑같이 취급하는 바람에 누나들은 작은삼촌을 자신들과 같은 줄이라고 놀리기도 했다. 할머니가 쏟는 사랑을 서열로 매기면 1등은 큰아들, 그다음은 딸1번, 2번, 3번, 4번, 작은아들, 그리고 딸5번 순이다. 큰아들, 작은아들, 딸2번은 서울에 살고, 딸1번, 3번, 4번, 5번은 광주에 산다. 할머니와 가까이 사는 딸들 위주로 간병이 주로 이루어졌다.

간병 리더이자 딸1번인 우리 엄마가 머리가 터지도록 간병 스트레스를 받던 어느 날, 가톡방에 외할머니의 애칭인 '이 여사'와 사랑을 나누며 효도를 하라는 메시지를 큰아들을 향해 날렸다.

다음 주에는
월요일에 와서
토요일까지
이 여사랑
사랑을 나누시구랴.

가톡방은 왠지 더 조용했다. 그러자 엄마는 다시, 치매 간병이 '효도'가 아닌 '의무'라는 메시지도 던졌다.

각자 효도 분량을
체크해보는 시간을^^

사실은 효도가
아니고
의무드라고!!!
효도 분량 포인트제 들어간다잉~

드디어 서울 큰아들은 가톡방 아닌 개인 톡으로 입을 떼면서, 간병 기간을 줄여보고자 애교 기술 들어갔다.

큰언니^^
일주일 넘 길어요.
좀 줄여주세요~!

동생의 애교에 엄마는 기간을 할인해주었다.

좋아!
통 크게 쓴다.
2박 3일^^
됐수???

야간 간병을 유독 힘들어하는 딸3번이 눈치껏 깜찍한 문자를 보냈다.

난 1박으로
땜빵 들어갈게요.
땜빵 원하면 말씀주세요.
급땜빵도 환영할게요.
글고
낮에 5시간 이상도 계산해주세요,
의무실적~~~♥

큰아들은 일주일 간병을 2박 3일로 줄이는 데 성공했다. 저녁 이후에는 간병을 하지 않는 딸3번은 낮에 5시간 이상 간병한 것도 '실적'이니 '포인트'에 넣어달라고 다짐을 받았다.

들을수록 효도 분량 포인트제는 진짜 기발했다. 나는 이런 제도는 국가가 나서서 전 국민에게 보급해야 한다고 너스레를 떨었다. 엄마는 쑥스러워하면서 효도를 억지로 시키기도 그렇고 해서 고민을 많이 했다고 말했다.

사실 엄마에게 효도 분량 포인트제의 아이디어를 준, 다른 가족의 사례가 있었다. 한동네에 4남 3녀를 둔 집에서 큰아들이 부모 사랑을 독차지하며 안하무인으로 자랐다. 그러다가 어머니가 암에 걸렸는데, 큰아들은 모른 척했고, 종종 고향에 내려와 돈을 갈취해갔다. 결국 어머니가 돌아가셨고, 병간호를 도맡았던 큰딸이 장례절차를 주관하겠다고 했다. 역시나 장남이 노발대발 난리를 피웠다. 하지만 늘 제 멋대로이던 장남에게 동생들이 반기를 들었고, 장례식도, 재산 분배도 큰딸이 맡게 되었다.

재산에 부의금까지 더해서 분배하면서는 엄마가 투병하실 때 효도한 정도를 따져서 분배했단다. 기준은 '용돈, 방문, 외식, 음식, 병원, 전화' 등 10개 항목으로 정하고, 각각의 횟수를 철저하게 조사했다고 한다.

유산 분쟁은 어느 집이나 뒷말 안 나오게 하기가 어렵다. 그런데 효도한 기여도에 따라 합리적으로 나누었다는 이야기는 엄마에게 좋은 해결책의 아이디어를 주었다. 실제 이 가족은 전화국에서 데이터를 받고, 카드 사용 내역도 조사해서 최대한 증빙 자료를 모았다고 한다. 아무리 합리적이라고 해도 영 번잡스러운 데가 있고, 다 같이 뜻을 모으지 않으면 실행하기가 어려운데, 다행히 송씨 일가는 효도 분량 포인트제의 최초 입안자인 엄마가 장녀이기도 하고, 이모, 삼촌들이 서로 우애가 좋고 잘 따라주는 편이라서 주효했다고 하겠다.

효도 분량 포인트제에 대한 내 상찬이 이어지자, 엄마는 하는 김에 자랑을 더 이어갔다. 앞서 말한 제도와는 같은 듯 상당히 다른 게, 그 제도를 응용해서 중간 정산을 도입했다는 것이었다. 할머니 재산을 마지막 순간에 한꺼번에 정산하는 게 아니고, '포인트 중간 정산'을 해서 조금씩 나누어주고 있단다. 할머니가 마지막까지 '허벌나게' 효도 받으시라고 생각해낸 거란다. 그래야 동생들이 멀리서 효도하러 오는 맛도 나지 않겠냐고 엄마는 말했다.
할머니에 대한 사랑과 시간 투자가 포인트로 딱 쌓이는 만큼, 중요한 결정 내릴 때 발언권도 더 주고, 나중에 남은 재산 나눌 때 기준으로도 삼겠단다. 멋졌다! 조만간 '효도 성과 그래프'가 할머니 방 벽에 걸릴지도 모르겠다.

70대인 맏딸도, 60대인 막내도 90대 노모의 치매 간병은 쉬운 일이 아니다. 마음은 꽃중년이지만, 몸은 노인의 반열에 오르는 나이이기 때문이다. 그래도 효도 분량 포인트제 덕분일까, 간병을 위한 시간 분배가 잘 되는 편이다. 가톡방 대화를 나눴던 주에 큰아들은 2박 3일간 노모를 돌보고 돌아갔다. 엄마는 든든한 지원군 딸2번과 번갈아 가며 4박 5일을 간병한다. 간간이 딸3번과 4번은 정상참작의 자리 비움으로 불시에 찾아오는 땜빵과 온갖 잡다한 심부름을 맡는다.

요 며칠은 딸2번의 시간이다. 딸2번에게 엄마는 감사금일봉을 매달 주기로 공표했다. 천성이 착한 둘째 이모는 극구 사양했지만, 엄마는 다른 형제자매의 감사를 받아야 한다며 기어이 그 돈을 선물했다. 시간 맞춰 돌보미를 배정하고 집계하는 것도 일일 텐데, 그래도 엄마는 효도할 형제자매가 많아 배정할 인원이 많은 게 큰 축복이라며 웃으셨다.

참 신기하다. '효'라는 것은 원래 형체 없는 개념일 뿐인데, 엄마가 들려준 효도 분량 포인트제를 접하고 나니, 손에 잡히는 뭔가가 된 것 같다. 따뜻한 피와 살로 이루어진, 무게를 지닌 것이란 느낌이 들었다. 진자리 마른자리 갈아 뉘신 부모님의 자리를 봐드리고 손발이 다 닳도록 고생하신 부모님의 손발이 되어드리는 것, 그리고 멀어지면 식어버리는 것이 바로 효가 아닐까. 하지만 집구석 뚝배기 개수까지 훤히 다 아는 형제간이기에, 강요하기에 부담스럽고, 강요받기는 더 부담스러운 것 또한 효다. 누구 한 사람의 희생을 강요하지 않고 각자의 처지와 형편을 고려해 자율적으로 실천하게 한다는 점에서 이 제도가 더 와닿았다.

송씨네 7남매가 '효'로 포인트를 쌓고, 용돈까지 나누는 것은 자발적인 임무 수행에 참여하며 서로 유대감을 돈독히 하는 일종의 문화로 자리 잡고 있다. 그렇게 가족들은 함께 아름다운 가풍을 만들어가고 있다. 그렇지만 무엇보다도 이 제도가 할머니의 남은 삶을 한 뼘 더 행복하게 만들기를 바란다. 한때 조용했던 가톡방이 앞으로도 쭈욱 애교와 포용과 웃음으로 시끌벅적하기를!

'효도 분량 포인트제'는
마지막에 정산하는 게 아니고,
'포인트 중간 정산'을 한다.
할머니가 마지막까지
'허벌나게' 효도 받으시라고
엄마가 생각해낸 거란다.
또 그래야 동생들이 멀리서
효도하러 오는 맛도 나지 않겠나.
멋지다! 조만간 '효도 성과 그래프'가
할머니 방 벽에 걸릴지도 모르겠다.

골방에 숨긴 50리터 쓰레기봉투가 유품?

"아이고, 참말로 못 살겠네. 언니, 어무니가 어째 그것을 발견하셨으까잉!"

엄마의 간병 해방 여행 마지막 날, 아침 일찍 둘째 이모에게 다급한 전화가 왔다. 해방이 무색해 보였지만, 그래서 더 '해방'이라는 이름을 달고 온 엄마의 심정이 크게 와닿았다.

"워매, 어무니 시선을 딴 데로 돌리고 옷을 저짝 안 보이는 데로 감춰부러라잉!"
"목소리도 허벌나게 우랑차부러. 아직도 소리 지르시네잉."
"일단 휠체어를 타고 동구 밖으로 나가자고 해야. 관심을 집 밖으로 돌려부러."
"휠체어는 죽어도 안 타신다고 고집이시당께! 우짜스까나 참말로."
"그라믄 마을회관에 있는 의자 달린 보행보조기를 빌려와서 직접 끌고 가자고 해봐라잉."

자타공인 치매 간병 베테랑인 엄마는 할머니한테 욕먹고 있는 이모에게 막힘없이 지령을 내렸다. 할머니의 나쁜 년, 즉 천사 같은 둘째 이모의 죄목은 들키지 말아야 할 것을 들킨 죄였다. 바로 50리터 쓰레기봉투에 차곡차곡 담겨 있던, 할머니 옷들이었다. 할머니가 안 입고 안 쓰는 물건을 평소에 정리해두려고, 발견될 때마다 할머니 방과 가장 멀찍이 떨어져 있는 작은 방에 몰래 모아두었다. 그런데 다리 골절이 좀 나아지신 할머니가 혼자 화장실에 드나드시다가, 아뿔싸, 자기 옷과 물건이 가득 담긴 쓰레기봉투를 발견하신 것이다.

"할머니 옷들? 버릴 게 많아?"
"옷은 일도 아니어야. 아무것도 못 버리게 하니께 물건이 쌓였제. 싸게싸게 정리해야 하는데, 많아도 징하게 많아. 광복 이후 고릿적부터 쓰던 것도 있으니께."
"하긴, 한 자리에서 90년을 넘게 사셨으니, 오죽 물건들이 많겠어!"
"긍께 내가 틈만 나면 안 쓰는 거를 모아서 버릴라 헌디, 둘째가 나 대신 들켜부렀네. 히히히."

외할머니는 물건 버리는 것을 죄악시하던 옛날 사람이다. 할머니 집에 가면 박물관에서만 보던 골동품이 많다. 무쇠 다리미, 화로, 농사 기구들, 베틀 짜던 소품들…. 모두 할머니의 삶과 역사가 녹아 있는 물건들이다. 심지어 내가 아주 어릴 때부터 봐온 건데 그 자리에 그대로 먼지만 쌓인 물건도 있다. 버리는 것은 없고 쌓이기만 하는 살림에, 비밀 작전까지 펼쳐가며 조금씩 내다버리는 것이 할머니를 돌보는 엄마의 할 일에 추가되었다.

그렇다고 해도 할머니로서는 아직 쓸 만하고 오래 정든 물건들이 쓰레기봉투에 들어가 있으니, 오죽 화가 나시겠는가! 나 같아도 선물 받았거나 아끼던 물건을 버리면 화날 것 같다는 생각이 들었다. 하지만 할머니는 이제 어디에 뭐가 있는지, 무슨 의미가 있는 물건인지 기억도 못 하신단다. 그러고 보니 소중한 것도 한두 개여야 알지, 90년 동안 모은 거면 기억도 안 나긴 하겠다. 엄마는 나이 들면 쓰는 물건만 쓰지, 안 쓰는 건 아예 손이 안 간다며, 1년 동안 한 번도 안 쓴 물건은 버리는 게 낫다고 했다.
혹시라도 자식들에게 물려주려고 하시는 게 아닐까 물었지만, 엄마는 그게 자기한테만 소중하지, 다른 사람한테는 그냥 의미 없는 쓰레기일 경우가 많다고 말했다. 하긴, 쓰레기를 유품으로 남겨주면 누가 좋아하겠는가!
엄마는 버리는 것도 미리미리 해두는 게 여러모로 마음 편하다고 덧붙였다. 남은 자식들이 그 많은 물건을 유품이라는 이름으로 처리하려면 함부로 할 수도 없고, 의미 있는 것과 없는 것을 가리기도 쉽지 않고, 얼마나 힘들겠냐면서.

쓸 만한 것은 생전에 누군가에게 주면 선물이 된다. 엄마도 정신 맑을 때, 유품이 돼버릴 것들을 미리 정리하고 버려야겠다고 마음먹었다고 했다. 그렇지만 엄마 물건들을 잘 정리해보려고 날 잡고 옷장을 뒤집어도, 결국 다시 제자리로 들어가기 일쑤라고 털어놨다.
물건이라는 게 참 이상하게도, 추억이 깃들어 있어서 그런지 버리기가 망설여지는 게 사실이다. 그러니 남의 물건 버릴 때는 오죽하겠는가. 그러니 웬만하면 뭐든 미리미리 누굴 주거나 버리는 게 역시 정답인 듯싶다. 나는 약간 센티멘털한 기분을 풀려고 엄마에게 받을 선물이 기대되니 정리해서 줄 물건이 있으면 빨리 달라며 웃었다.

내가 사용하던 물건들이 죽음을 기점으로 한순간에 처치 곤란

한 쓰레기가 된다고 생각하니 마음이 안 좋았다. 내가 내 물건을 버리는 것도 매번 이렇게 힘든데, 남이 내 물건을 버릴 때는 더 심란하겠지 싶었다. 그리고 다른 사람이 내 물건을 버리는 것을 보는 것도 불편하지 싶다. 그런 불편함을 미리 줄이면서 죽음을 향해가는 것도 필요하겠다.

맥락은 전혀 다르지만, 엄마는 기억을 더듬어 한 이야기를 꺼냈다. 30년 전쯤, 엄마 지인의 가족 이야기였다. 그분은 퇴직하신 뒤 친구들 모임이 있을 때마다 며느리 자랑을 그렇게 하셨단다. 항상 속옷을 깨끗한 새것으로 준비해 준다고 말이다. 그런데 어느 날 자신의 속옷을 며느리가 집게로 집어서 쓰레기통에 휙 버리는 것을 보게 되셨다고 한다. 며느리는 시아버지 속옷을 만지기 싫어서 새 속옷을 챙겨 드린 거였다. 안타깝게도 그분은 그 일로 큰 충격을 받아 스스로 목숨을 끊으셨다고 한다.
엄마 말마따나, 너무 충격적인 이야기여서 지금까지도 기억한다더니, 정말 그랬다. 고인의 고뇌와 환멸이 전해지는 듯해 무척 안타까웠다. 듣는 나도 가슴이 미어지는데 본인은 얼마나 견디기 힘드셨을지…. 아마도 자기 속옷이 아니라, 자신이 그런 취급을 받는다고 느꼈으리라.

쓰던 물건에 실용성 이상의 의미가 있는 것은, 그것에 한 사람의 삶의 이야기가 담겨 있기 때문일 것이다. 내 생전에 기쁨을 주었던 물건이 과연 받는 이에게도 기쁨을 줄 수 있을까? 내 생활을 이루는 여러 물건이 갖는 기쁨 유통기한을 고민해볼 때가 된 것 같다. 그래야 정든 내 물건들이 쓰레기봉투에 들어 있는 장면을 보지 않게 되지 않을까?
나는 엄마에게 할머니 물건들을 기부하면 어떻겠냐고 물었다. 좋은 곳에 사용하도록 보내자고 하면 할머니가 이해하실 수도 있지 않을까 했다. 엄마는 내 제안에 맞장구치면서도 할머니가 건강하셨을 때, 조금만 더 일찍 그렇게 할 걸 그랬다며 아쉬워했다.

"엄마, 근데 할머니가 혹 싫다고 화내시면 어쩌지?"
"뭘 워째. 그라믄 또 몰래 해브러야지! 하하하."

물건에 실용적인 것 외에
다른 의미가 있는 것은,
그 안에 한 사람의 삶의 이야기가
담겨 있기 때문일 것이다.
내 생전에 기쁨을 주었던 물건이
받는 이에게도 기쁨을 줄 수 있을까?
내 생활을 이루는 여러 물건이 갖는
기쁨 유통기한을
고민해볼 때가 된 것 같다.

2장

다섯 자매의 창의적인 죽고 싶은 방법

이모가 뇌를 소금에 절였어요!

"큰 이모, 큰 이모! 엄마가 이상해서 응급실에 가는 길이에요. 좀 와주세요."

한의사인 조카가 다급한 목소리로 전화를 걸어온 날, 엄마는 생각할 틈도 없이 대학병원 응급실로 내달렸다. 엄마의 막냇동생이자 나의 막내 이모는 두 달 전 자궁경부암 2기로 진단되어 수술을 받았다. 이제 치료 막바지여서, 모두 안심하고 있던 차였다. 온 식구가 응급실에 모였을 때, 의사에게 조카가 다급하게 증상을 설명했다.

"온몸에 힘이 없고, 다리가 꼬이고, 헛소리하고, 치매 같은 섬망 증상이 심해요."

그 말에 온 집안 식구의 가슴이 또 한 번 쿵 하고 내려앉았다. 또다시 비상이었다. 주치의는 항암치료와 방사선치료를 병행하면, 분명 일상에 복귀할 수 있다고 말했는데, 왜 다시 병이 악화된 걸까. 그러고 보니 그간의 일들이 아주 찝찝하고 의심스럽게 느껴졌다. 치료 과정부터가 순탄치 않았다. 항암치료와 방사선치료를 할 때마다 혈압이 높아졌다. 이모는 몇 차례

치료를 미루거나 혈압을 낮추는 주사를 맞으며, 힘들게 두 달을 겨우 버텨왔다.

"응급실 선상님! 항암치료 부작용 때문에 이상이 나타난 거라요?"
"암 치료하셨던 선상님이 암은 거짐 다 나았다고 했는디요?"
"솔찬히 회복 중이었당께요, 선상님. 뭐 땜시 그런다요?"

너도나도 한마디씩 하는 이모 삼촌들을 그나마 평정을 찾은 엄마가 말렸다. 모두가 대답을 기다리며 의사의 입만 뚫어지게 바라봤다.

"소금입니다. 나트륨 수치가 높아서 나타나는 이상 증세입니다. 항암치료 후유증이 아닙니다."

의사의 답변은 상상 초월이었다. 이상 증세의 원인이 소금이라니? 갑작스러운 소금의 등장에 다들 어처구니가 없었다. 얼토당토않은 소리라고 다른 병원으로 옮기자고 난리가 났다. 의사도 기가 막힌다는 듯, 하지만 확신에 찬 눈으로 "지금 상태면 죽을 수도 있습니다."라고 말했다. 본인도 의사 생활을 한 지가 20년이 넘었는데, 나트륨 수치가 200이 넘은 환자를 본 적이 없단다. 굉장히 위험한 상황이니, 당장 몸속의 소금기를 씻어내지 않으면 사망할 수도 있다고 했다.

7남매의 막내딸이고, 어머니도 살아계시는데, 죽을 수도 있다는 말에 기가 찰 뿐이었다. 그것도 소금 과다 복용으로! 위독했던 이모는 곧바로 중환자실로 실려 갔고, 정말로 이틀간 사경을 헤맸다. 막내 이모의 의식이 돌아올 때까지, 온 식구가 한시도 마음 놓지 못했다.
나중에 사정을 알고 난 엄마는 막내 이모를, '멍청하기 짝이 없어 뇌를 소금에 절인 바보'라는 다소 긴 이름으로 바꿔 부르는 수고를 마다하지 않으면서, 놀랍고도 어이없던 그날의 소동을 정리했다.

"시상에! 이 멍청하기 짝이 없어 뇌를 소금에 절인 바보는 방사선·항암치료 받는 동안 싸게싸게 효과를 봐불라고 소금을 먹었다고 안 그냐. 을매나 멍청하면 뇌를 소금에 절인다냐. 몸에 좋다는 소금은 종류별로 사놓고, 너무 짜서 찡그린 표정을 해가믄서도, 암 완치를 위해서, 꾸역꾸역 퍼먹었당께. 참말로 얼척없는 소리에 지금도 얼척이 없시야. 쯧쯧. 아들이 한의사 씩이나 허는디, 그게 무슨 말도 안 되는 얘기래냐, 아휴….
엠알아이MRI 결과를 보니께, 소금으로 절인 뇌가 허옇게 쪼그라드러부러서 허벌나게 째까나게 됐지 뭐냐. 손도 거북손처럼 빳빳하게 됐응께, 내장은 을매나 망가졌을지, 안 봐도 기가 차부러. 살아 있는 사람을 소금에 절인 격인 거여. 멍청하기가 끝도 없어 소금에 절인 미친 X."

막내 이모는 이후 병실로 옮겨져 계속 소금 빼내는 치료를 받았다. 치료라고 해봐야 물을 많이 마시는 것이 거의 다여서 병원에서 퇴원했다. 하지만 집에서 혼자 회복하기를 힘들어한 이모는 다시 요양병원에 입원했다.
어느 날 병문안 온 셋째 이모가 엄마한테 속삭이기를, "큰언니, 화장실 컵에 물이 들어 있던디, 혹시 소금물이면 워째?" 하고 걱정하자, 엄마는 '고것이 아직도 정신을 못 차렸냐'며 버럭, 또 화를 냈단다.
다행히 소금물은 아니었고, 그 후로 이모도 더는 소금에 집착하지 않았다.

명품 천일염
짜움
HIMALAYAN
Pink Salt

들어보니, 막내 이모가 소금을 먹기 시작한 건 유튜브 때문이었다. 소금을 먹으면 암으로 인한 통증이 사라진다는 가짜뉴스를 봤단다.

놀라지 않을 수 없었다. 막내 이모는 나에게 특별하다. 이모가 우리 집에서 대학을 다녀 함께 지낸 시간이 긴 것도 있지만, 이모는 나의 어릴 적 우상이었다. 국민학생이던 나는 이모의 두꺼운 대학 서적을 읽다가 얻어들은 것을 친구들 앞에서 뻐기곤 했다. 이모는 그 시절 내가 가장 존경했던 지식인이었다. 아프시기 전에는 공부방 선생님으로 동네 아이들을 가르치기도 했다.

공부 잘하고 똑똑했던 이모였기에, 소금 중독을 유튜브 탓으로만 돌리기에는 부족하다. 이모의 소금 맹신은 견디기 힘든 '통증' 때문이었다. 암 환자에게 돌발성 통증이 시도 때도 없이 찾아올 때면, 차라리 죽는 게 낫겠다 생각할 정도로 온몸이 고문당하듯 아프다고 한다. 그 고통에 이모는 합리적으로 판단하기가 어려웠을 것이다.

게다가 통증이 심해질수록 불안하고 우울하기까지 했으리라. 그렇게 지푸라기라도 잡는 심정으로 이런저런 정보에 매달렸던 이모는 애먼 소금을 몸속에 들이부었다. 견디기 어려운 고통 앞에서는 실낱같던 믿음도 눈덩이처럼 금세 커지기 마련 아닌가. 정신적이든, 육체적이든 감당하기 힘든 아픔은 이렇게 또 다른 병을 일으킨다.
고통을 줄여줄 진통제를 처방받는다고 해도 능사는 아니다. 통증이라는 게 각자의 경험이나 기분, 때로는 주변 환경까지 무수한 요인에 따라 다르게 나타나니, 객관화하기가 힘들다. 아무리 의사가 약을 처방해도 환자가 아프면 아픈 것이니, 병원에서 주는 약을 안 믿고 다른 것을 더러 찾기도 한다.
막내 이모는 나중에 의식이 돌아왔을 때도, 소금으로 인해 정말 덜 아픈 것 같았다고 말했다. 오늘도 얼마나 많은 환자가 누구도 대신해줄 수 없는 고통 앞에서, 심지어는 자신을 해칠 수도 있는 믿음 한 조각을 붙잡고서 잠시나마 위험한 위안을 얻고 있을까.

아찔했던 그때 이모의 고통에 좀 더 주의를 기울이고 돌보았으면 좋았겠다는 아쉬움이 크다. 가족들이 대신 아파줄 수는 없어도 정서적으로 안정할 수 있도록 도왔다면 어땠을까? 한편으로는 전문 기관의 도움이 절실하다는 것을 느꼈다. 안타깝게도 모든 환자 가족들이 환자를 세심하게 보살필 수 있는 것은 아니니 말이다.

하지만 겪어보니 기존 병원 시스템으로는 개별 환자의 통증을 제때 처우하기가 어려워 보였다. 오늘날 많은 병원에서는 통증을 완화하는 것보다는, 질병을 고쳐 없애는 것에 더 집중하고 있는 것 같다. 만약 그렇다면, 환자와 계속해서 소통하면서 통증에 관해 이야기하고 통증 정도에 따라 적절한 치료를 병행해나가는 일에 과연 지금보다 더 많은 자원과 노력을 쏟을 수 있을까?

감사하게도 우리 이모를 통해 나는 또 하나 배웠다. 투병 기간은 삶이 망가지거나 멈춰버리는 시간이 아니라, 그 역시 삶을 통과하는 과정이며 삶의 한 국면이라는 것을.

치료 과정에서의 통증은 환자와 그 가족의 삶의 질을 심각하게 위협한다. 병원이 질병 자체의 '정복'보다 환자와 그 가족의 삶에 주목한다면, 통증을 완화하는 데 더 세심한 주의를 기울여 그 삶이 나름의 의미를 가지고 지속할 수 있게 할 수 있지 않을까.

오늘도 얼마나 많은 환자가
누구도 대신해줄 수 없는 고통 앞에서,
심지어는 자신을 해칠 수도 있는
믿음 한 조각을 붙잡고서
잠시나마 위험한 위안을 얻을까.
감사하게도 우리 이모를 통해
나는 또 하나 배웠다.
투병 기간은
삶이 멈춰버리는 시간이 아니라,
삶을 통과하는 과정이라는 것을.

인생의 답안지에 써내려간

독버섯, 수면제, 복어알

90대 노모의 약을 타러 다섯 자매가 약국으로 출동한 길이다.

"큰언니, 수면제 받아왔당가?"
"어무니 처방전인디, 당연히 받았지야."
"아니잉. 다음에 우리 죽고 잡을 때 묵을 것까지 쪼매 더 받아오라고. 깔깔깔."

늘 활달한 딸3번이 너스레를 떨며 수면제를 넉넉히 받아왔는지 물어본다. 모이기만 하면 도로 소녀들이 되는, 반백을 훌쩍 넘긴 자매들은 기회를 놓칠세라 금세 이야기꽃을 피운다. 너무 오래 살까 봐 걱정이라며, 장수 시대에는 오히려 죽지 못하는 게 문제란다.

"재수 없으면 200살까지 산다는디, 우째꺼나 준비는 해야겄네잉."
"독버섯을 콱 먹어불까?"
"아따, 버섯은 안 돼야. 독버섯인 줄 알고 먹었는디, 영지 같은 귀한 버섯이어서 불로장생할 수도 있시야."

"왐마? 그라믄 버섯은 땡 탈락! 싸게 다른 아이디어 주쇼잉. 히히히."
"복어 어떠까잉? 복어는 독이 있당께."
"야는, 우리가 기술자도 아니고 회를 뜨지도 못허잖애. 독을 어떻게 모은다냐?"
"그라믄 알 어떨랑가? 그라지 말고 복어알을 쪼까씩 모으드라고!"

독버섯에 복어알까지 강아지 풀 뜯어 먹는 소리 한다고 웃던 막내, 딸5번이 짐짓 구체적으로 파고들고 나선다.

"죽는 약을 구하는 게 문제가 아니라, 죽을 날을 스스로 모르는 게 문제랑께."
"우리 때가 되면, 먹을 때라고 서로 말해주드라고."
"뭣이? 죽을 때라고 갈차준다고? 하하하."
"'큰언니잉, 큰언니 상태를 보니 복어알을 먹을 때가 되었시요잉.' 이르케? 깔깔깔."
"그라제. 서로서로 말해주고, 사이좋게 잘 죽게 도와주드라고잉!"

콧소리 섞인 '죽음 알람'에 자매들은 박장대소다. 어쩌면 1번 타자가 될 수도 있는 딸1번이 기가 막힌 아이디어라며 제일 좋아한다. 서로의 마지막을 돕기로 한 다섯 자매를 실은 차가 '꿈의 드라이브 코스' 담양 메타세쿼이아 가로수 길을 시원하게 내달린다.

"근디 쫌 거시기허긴 헌디, 만약 70이 폴새 넘었다면, 비행기나 크루즈 사고사도 괜찮을 거 같당께."
"머라고라, 사고사?"
"고통 없이 순식간에 죽고, 장례도 국가에서 해주고, 자녀들헌티 국가보상금도 생긴당께!"
"워매, 그건 로또나 벼락 맞기보다 힘들제. 하하하."
"안 돼. 그건 다른 누군가에게 징하게 아픈 기억이 돼브러야."

잠시 뭉클해진 분위기를 띄울 겸, 딸3번이 또 나선다. 그 옛날 진시황이 불로초를 찾아 제주도까지 사람을 보냈는데, 결국 오래 살지 못했단다.

"야야, 너그덜은 못 죽어서 난리제, 진시황이 우리덜 보믄 기가 차겄다야."
"진시황이 시대를 잘못 타고났제. 지금 태어났으면 가볍게 100은 찍었을 텐디."
"100이 뭐여, 그 의지면 200은 거뜬하지야. 요새 의료기술이 얼마나 좋냐잉."
"싸게 전화해라잉, 진시황헌티. 한국 병원에 불로초 있드라고. 하하하."

다섯 자매는 90대 노모의 약봉지 하나로 복어알, 의료기술, 진시황까지 들먹이며 재잘댄다. 오래 사는 게 재수 없다는 건지, 단명한 진시황이 안타깝다는 건지, 방향 없는 이야기들이 달리는 차창 밖으로 꽃잎처럼 흩날린다.

"나는 김수환 추기경의 마지막이 감동이었시야."
"잉 그라지. 연명의료 거부하시고, 하늘이 허락한 죽음을 자연스럽게 받아들이셨제!"
"우리도 그거 신청해불자. 생명 연장 안 하는 거."
"콜!"
"콜 받고, 우리 심폐소생술도 거부하까잉?"

"근디 심폐소생은 급박한 상황일 때 할 텐디, 거부하는지, 안 하는지를 119에서 어떻게 알끄나잉?"
"그랑께 가슴에 '심폐소생술 거부'라고 문신하는 사람들이 종종 있다드라구."
"워매, 징하게 거부해부리네야."
"그라믄 우리도 심폐소생 안 하려면 가슴에 문신해브러야 한당가? 하하하."

연명의료를 거부하겠다던 자매들은 심폐소생술도 하지 않겠다며 다 같이 미리 국가 기관에 신청서를 제출하자고 한다. 그런데 막상 심폐소생까지 거부한다고 하니, 죽음이 성큼 가까워지는 것 같아 문득 걱정이 든다.

"근디, 잠깐만! 막내가 60에 죽기는 쫌 빠르지 않어?"
"그라제. 막내는 쫌 빠르다야!"
"큰언니도 75면 쫌 이르지 않어? 아니, 우리 모두 그른가?"
"다 필요 없시야. 갈 상황이면 그냥 보내줘. 억지로 가는 사람 불러 조금 더 살 필요 없시야. 나는 살만큼 살았다잉."
"아따, 쪼메 아쉬운디?"

자매들의 대화는 오래 사는 것에 대한 걱정, 잘 죽고 싶다는 기대, 너무 일찍 죽는 것에 대한 아쉬움이 뒤섞인 채 끝날 줄을 모른다. 죽고 사는 문제가 순리라면 다가오는 죽음을 자연스레 받아들이는 것도 자연스럽고 쉬워야 할 텐데, 그 일이 참 복잡하고 어렵다.

순리대로 살다가 죽겠다는 말이, 오늘날에는 의술을 거부하겠다는 의미로 받아들여져 유별나거나 이상한 소리처럼 되었기 때문이리라. 사람이 죽는 이치는 예나 지금이나 변함이 없는데, 변하는 것은 의술이고, 그 의술이 우리를 죽게도 하고 살게도 한다.

삶과 죽음이 자신의 의지보다는 의술에 따라 결정된다는 것은 두렵기도 하고 피하고 싶기도 한 일이다. 그래서 인생은 '언제 죽지? 어떻게 죽지? 어디서 죽지?'라는 질문을 답안지도 없이 끝없이 던지나 보다.

니까짓 것 둘째 이모,
군대영장 나온 넷째 이모

다사다난한 인생의 시간 속에는 누가 누구에게 잘못하고 희생하고 양보하고, 일일이 기억하기도 어려운 무수한 일이 있을 것이다. 거기서 생긴 응어리진 관계가 삶의 마지막 순간에 후회로 남지 않도록 모조리 풀어낼 수 있다면 더할 나위 없이 좋을 것이다. 하지만 인생이 어디 마음대로 되기만 할 것인가. 게다가 가족 간에는 사랑한다, 미안하다, 고맙다고 말하기가 왜 그리 어려운지.

어느 집이나 명절 때마다 서운함으로 어깨를 들썩이는 형제자매가 있기 마련이다. 명절을 맞아 온 가족이 모인 자리에서 갑자기 "니까짓 것이 뭘 아냐!" 하며 할머니 목소리가 커졌다. 그 소리에 둘째 이모가 아직도 자기만 무시한다며 울먹이기 시작했다.

외증조할아버지는 작은외할아버지를 광주로 대학 보내실 때, 큰손녀인 엄마를 함께 보내셨다. 시골에서 도시로 유학을 하러 간 셈이다. 그 뒤를 따라 다른 동생들도 도시로 유학을 하였다. 하지만 둘째 이모는 농사일을 도와야 한다는 이유로 시골집에서 학교를 다녔다. 이는 두고두고 이모의 가장 큰 한으로 남았다. 거기에 일곱 남매의 틈바구니에서 자기만 소외되고 무시당했다던 크고 작은 서러운 일까지 줄줄이 소시지다. 수십 년 시간이 흘렀어도 서러웠던 성장 과정은 토옥 건드리기만 해도 송두리째 소환됐다.

“언니만 서러운가? 나도, 옛날만 생각허면… 겁나게 억울혀서 울고 싶드라고.”

둘째 이모의 한풀이가 시작되면 넷째 이모도 연례행사처럼 꼭 빠지지 않았다. 아들을 낳아야 하는 종손 며느리인 외할머니가 내리 딸 셋을 보았다. 넷째에 거는 기대는 어마어마했다. 할머니의 부담감도 대단했다. 하지만 가족의 기대를 저버리고, 넷째도 딸이었다. 웃어른들은 다음번에는 아들을 낳아야 한다고, 넷째 이모의 이름을 남자 이름에나 어울릴 ‘남수’라고 지었다. 하물며 이름도 그럴진대, 자라면서 억울한 일이 오죽 많았겠는가?
어쨌든 이모의 이름이 다음에 태어날 동생을 위해 지어지다니, 실로 억울하기 짝이 없는 작명이었다. 하지만 그 염원이 진짜 통했는지 다음에는 아들이 태어났다. 후남이, 말녀, 끝순이,

종말이…. 이 땅에는 세상에 태어나 처음으로 부여받는 이름과 거기에 담긴 삶의 의미까지, 아들을 얻으려는 목적으로 저당 잡혀버린 딸들이 많다. 가족을 위해 희생하며 살아온 딸들의 사연이 한둘이겠냐마는, 울먹이는 넷째 이모를 다른 형제자매들이 다독였다. 이모가 대를 잇는 데 아주 큰 역할을 했다고 위로했다.

"넷째가 더 열받는 게 뭔지 아냐? 스무 살 되던 해, 군대에 오라고 영장이 나와브렀잖냐."

엄마는 이모의 울적함을 풀어주려고 단골 레퍼토리를 꺼내들었다. 울먹이던 이모가 그제야 다른 형제자매와 함께 배꼽을 잡고 웃었다.

우리네 어르신들이 으레 그랬듯, 할머니도 딸들보다 아들들을 유독 챙기셨다. 명절이면 담양 외할머니 댁 마루에는 7남매의 집에 보낼 된장, 고추장, 참기름 그리고 각종 반찬을 싸둔 보자기 일곱 개가 나란히 줄지어 있었다. 어느 해에는 할머니 대신 딸들이 보자기를 싸다가, 못 볼 것을 봐버렸다. 한 병씩 들어 있어야 하는 참기름이, 두 아들 보자기에만 두 병씩 들어 있었던 거다. 아들 사랑을 들킨 할머니에게 딸들이 짐짓 핀잔했지만, 할머니는 곧 죽어도 당신은 아들딸 평등하게 사랑한다고 우겼다. 이듬해에는 다행히(?) 참기름이 한 병씩 할당되었다. 그런데 일곱 병 중에 딱 두 병만 토할 정도로 목 끝까지 담겨 있었다. 딸들은 모두 박장대소하면서, 행여 넘쳐흐를까 봐 그 두 병을 신문지에 꼭꼭 싸서 아들들 보자기에 각각 넣어주었단다.

할머니는 지금 7남매의 보살핌 속에 여생을 보내고 계신다. 참기름을 덜 받은 딸들도, 유학 못 간 둘째 딸과 영장 받은 넷째 딸도, 서운한 내색 하나 없이 지성으로 할머니를 돌본다. 치매로 아픈 엄마에게 차마 서운한 마음을 꺼내 보일 수 없기도 했겠지만, 부모 자식 간의 사랑이 어디 그러한가.

할머니만 봐도 그렇다. 과거에 할머니는 둘째 딸과 넷째 딸의 설움 깊은 하소연을 외면하셨다. 치매로 편찮으시게 되고서 가끔 딸들에 대한 속내를 내비치셨다. 시골에서 자라 공부도 많이 시키지 못했던 둘째가 마음씨가 곱고, 말도 잘 들어주고, 제일 편한 딸이란다. 그리고 딸만 넷이라고, 나오자마자 윗목에 밀어두었던 넷째가 이제는 자기를 제일 잘 챙기고, 용돈도 많이 주고, 예쁜 옷도 사다 준다고 하신다. 할머니는 딸들에게 미안했던 마음을 늘 품고 계셨으리라.
누가 누구에게 사과하고, 누가 누구의 마음을 용서한 건지는 모르겠지만, 할머니 삶의 끝자락에서 가족은 그렇게 그냥 평온해졌다. 가족이란, 또 인생이란 그렇게 흘러가기도 하는 것인가 보다.
그렇다고 해도 사랑과 믿음이 깔려 있지 않았다면 가족이 평온하기는 쉽지 않았을 거다. 평소 나는 표현에 서툰 편이라 더 걱정이다. 나중에 후회가 남지 않도록 더 많이 표현해야지. 오늘 밤에는 식구들에게 그동안 나한테 서운했거나 나 때문에 속상한 일은 없었는지 묻고, 후회와 미안함 대신 사랑과 믿음을 적립해볼까.

3장

할머니! 유치원 다녀오셨어요?

6개월 만에 온 부고 소식과
할머니의 빼앗긴 밭고랑

"손녀딸 시집가는데 내 가구를 하나 사주려 하니, 전화 한 통 씁시다."

휴대전화가 없던 시절, 시장 골목 한 가구점에 들어가신 서울 할아버지는 가구를 사준다며 막내 이모를 불러냈다. 가구점 사장님은 큰 고객을 놓칠세라 할아버지에게 음료수며 과일 등을 내왔다. 더운 여름에 시원한 대접을 받던 할아버지는 막상 이모가 도착하니, 이것저것 둘러본 뒤에 '다시 오마' 하고 나와버렸다. 이날 며느리 부탁으로 장을 보러왔던 서울 할아버지는 지친 몸을 잠시 쉬고, 짐 들어 줄 일꾼까지 얻어낼 요량으로 무작정 가구점에 들어간 것이다. 막내 이모는 이제 막 대학생이 되었고 당장 시집갈 일도 없었다.

"할아버지, 갑자기 웬 신혼 가구예요?"
"날은 덥고 버스 시간은 남아부러서 음료수 한 잔 마시러 들어 갔제."
"참나, 가구점 사장님께 미안하잖아요."
"언젠가는 가구 사러 갈 수도 있제. 뭐, 다 고객인 거여."

서울 할아버지는 담양 외할머니의 시아버지이자 나의 증조할아버지신데, 서울에서 약국을 하는 작은아들 덕에 '서울'이라는 예칭이 붙은 것을 아주 맘에 들어 하셨다. 옛날 어르신들이 그렇듯, 서울 할아버지도 기백만큼은 누구에게도 뒤지지 않으셨다. 한번은 서울 할아버지가 초등학교에 갓 입학한 나와 오빠를 데리고 서울행 고속버스를 타셨는데, 할아버지는 오빠 표만 사고 내 것은 안 샀다.
버스 기사님이 표를 한 장 더 사 오라고 야단했지만, 할아버지는 나를 안고 갈 거라고 큰소리쳤다. 기사님이 한 번 더 채근했지만, 할아버지는 "애가 겁이 많아 울어서 안 돼!" 하며 우겼다. 결국 나는 할아버지 무릎 위에 앉았고, 할아버지는 버스가 터미널을 빠져나갈 즈음 나를 빈자리에 내려놓으셨다.
나는 구두쇠 할아버지가 조금 창피했다. 하지만 늘 거침없이 당당했던 할아버지는 어떤 상황에서도 우리를 지켜줄 것 같은, 세상에서 가장 든든한 어른이었다. 유독 풍채가 좋았던 서울 할아버지는 양복 정장에 회중시계가 달린 조끼까지 갖춰 입고, 양 끝이 살짝 말린 중절모를 쓰고 다니셨다. 끝을 돌돌 말아 살짝 위로 올라가게 한 흰색 콧수염도 인상적이었다. 집안의 대소사가 있을 때마다 친인척들이 일을 믿고 맡기는 호인이기도 하셨다.

그랬던 서울 할아버지도 세월을 이기지 못하시고 안타깝게 치매에 걸리셨다. 큰아들(내 외할아버지)을 먼저 하늘로 보내셨을 때부터로 기억한다. 칠십이 넘은 큰며느리를 동네 사람들이 다른 집으로 중매하려 한다고 역정을 내시던 게 치매의 시작이었다. 큰며느리인 담양 외할머니는 서울 할아버지가 치매에 걸리신 뒤에도 계속 모시고 살았다. 하지만 할머니 당신도 연로하게 되시자, 농사일에 시아버지 뒷바라지까지 혼자서는 무리였다.

결국 서울 할아버지는 작은아들의 뜻에 따라 서울에 있는 양로원에서 기거하게 되셨다. 할아버지는 가끔 대소변을 잘 못 가리셨지만, 건강하고 얌전하신 편이셨다. 안타까운 일이지만, 당시 누구도 치매가 치료를 받으면 좋아질 수도 있으며 경우에 따라서는 진행을 조금 늦출 수 있다는 것을 몰랐다.

장손녀로서 종종 할아버지를 면회하러 갔던 엄마에 의하면, 먼저 입소한 사람들이 텃세를 부리는 통에 그 당당하던 서울 할아버지가 적응을 못 하고 이 방 저 방 옮겨 다니셨단다. 집에 가겠다며 사라지셔서 경찰의 도움을 받아 찾은 적도 있었다.

그렇게 양로원에 들어가신 지 6개월 만에 서울 할아버지의 부고 소식을 듣게 되었다. 기백이 하늘을 찌르던 서울 할아버지의 마지막이 그럴 줄은 누구도 상상하지 못했으리라.

서울 할아버지에 대한 기억은, 이제 할머니의 거취를 고민하는 엄마에게 가장 마음에 걸리는 일이다. 서울 할아버지만 봐도, 노인들에게 '장소'가 중요하다는 것이 엄마의 지론이다. 살던 곳과 생활 방식이 바뀌면 노인이나 환자들은 그에 적응하기가 매우 어렵다. 할머니를 요양병원이나 요양원에 모시는 일을 쉬이 결정하지 못하는 가장 큰 이유였다.

10년 전쯤 할머니에게 치매가 찾아왔을 때도, 엄마는 할머니를 자식들이 있는 도시로 모셔오기보다는 다른 형제자매들과 함께 일주일에 서너 번씩 찾아뵈었다. 평생을 살아왔던 익숙한 동네에 머물며 거기서 다시금 삶에 적응하시기를 바랐다. 흐릿해져가는 기억을 붙잡으려는 듯, 할머니는 그간 살아온 방식을 고수하셨다. 특히 밭일이 그랬다. 건강이라도 안 좋아지실까 봐 그만두시라고 말려도 절대 듣지 않았다.

"오메, 어무니! 더와죽겄는디 밭에 뭐다러 나가신대요잉!"

"아따, 시끄럿! 일이 있응께 나가제!"

호미를 꼭 쥔 채 한 마디 쿨하게 남기고 결연히 집을 나서는 할머니의 뒷모습은 나라를 구하러 가는 투사처럼 비장했다. 비가 오는 날에도, 폭염주의보가 내린 날에도 굴함이 없었다. 심지어 출근 시간처럼 일정이 정해진 것도 아닌데, 뭐가 그리 바쁘신지 서두르기까지 하셨다. 가끔 양손에 감자나 고추 따위를 들고 오시는 날이면 승전한 장군 같은 미소가 얼굴 가득 피어났다.

어느 날 엄마는 할머니에게 밭이 그렇게 매일 나가볼 정도로 특별한 장소인 이유를 알아냈다. 할머니의 밭이 윗집 할머니네 밭과 맞붙어 있는데, 어느 날 가보니 전날보다 밭고랑이 한 줄 줄어 있었다. 원래 밭과 밭 사이의 모호한 경계를 표시하는 돌들이 있는데, 할머니 말에 의하면, 글쎄 윗집 할머니가 그 돌을 조금씩 발로 밀어 내려서 밭을 넓히고 있다는 거다. 그렇게 윗집 할머니의 괘씸한(?) 속셈을 알아챈 할머니는 매일 밭에 출근하다시피하며 돌들을 조금씩 밀어 올려놓고 오셨다.

밭고랑 사연을 들으며 어릴 적 짝꿍끼리 책상에 금을 그어놓고 내 것 네 것 실랑이하는 모습이 겹쳐져서 조금 웃었다. 할머니에게는 감자나 고추를 수확하는 것 이상의 임무가 있었던 거다. 윗집 할머니가 자기 밭을 넓히고 있다는 것을 간파한 할머니는 빼앗긴 고랑을 찾으려 고군분투하고 있었다.

"그래서, 할머니는 밭고랑을 찾으셨대?"
"찾긴 찾았제."
"다행이네, 그럼. 히히."
"그라믄 뭣헌디. 다음날 가보면 윗집 할머니가 다시 돌을 밀어놔부러야. 뺏겼다가 또 뺏어오고, 뺏었다가 다시 뺏기고. 그게 10년째 도돌이표여야. 하하하."
"두 분 할머니 진짜 대단하시네. 깔깔깔."

죽어도 밭일을 가시겠다는 고집을 막을 수도 없지만, 치매 노인이 할 일 없이 집에만 계시면 더 악화할 듯해서 엄마는 할머니의 '비장한 영토 지키기'를 그냥 지켜보신다고 한다. 게다가 덕분에 운동도 하고, 여가도 즐기는 게 치매를 늦추는 데도 좋지 않겠냐고 하신다. 치매를 호미로 막다니!
다행히 할머니의 이웃들 역시, 20가구 남짓한 작은 마을에서 오래 같이 살아온 노인의 그런 행동을 너그러이 봐준다고 했다. 그 정이 고마워서 엄마도 동네 어르신들께 종종 과일이며 떡이며 음식을 대접하거나 온천에 모시고 가곤 했다. 동네 분들이 할머니의 곁에 있어 주시는 것만으로도 엄마에게 얼마나 큰 위안이 되었겠는가.

자꾸만 사라지는 밭 한 고랑이 누구의 것인지는 아직도 모른다. 다만 10년간 지속된 할머니의 밭고랑 재탈환 역사가 점점 잃어가는 기억과의 사투였다면? 그 밭고랑은 할머니가 평생에 걸쳐 손수 일궈낸 삶이기도 했다. 할머니는 당신이 살아온 기억을 붙잡는 마음으로 밭고랑 한 줄을 기어코 지키려 했던 게 아니었을까. 그리고 이를 지키려는 본능과 집착이 할머니의 치매 진행을 더디게 했던 건 아닐까.

'지금은 남의 땅, 빼앗긴 들에도 봄은 오는가?'

할머니의 흐릿한 기억 위에도 따뜻한 봄의 햇살이 비추기를 바라본다.

멍멍 심바는 효도주치의

폭신폭신하고 보드라운 털, 쓰다듬으면 혀를 늘어뜨리고 꼬리를 살살 흔드는 강아지! 상상만으로도 힐링이다. 반려동물과 함께 친구처럼, 가족처럼 생활하는 사람이 정서적 안정감과 행복감을 얻는다는 이야기는 이제 상식이다. 특히 노인이나 치매 환자에게 반려동물은 가장 좋은 친구다.

할머니의 반려견 심바는 효도부터 치유까지 참 대견한 강아지다. 자식들은 다 도시에 나가 살고 있지만, 심바는 10년 넘게 할머니 곁을 지키고 있다. 함께 지내온 세월만큼 심바도 할머니처럼 할아버지 나이대가 되었지만, 여전히 할머니 곁에 껌딱지처럼 붙어서 할머니만 쫄쫄 따라다닌다. 존재 자체만으로도 마냥 귀엽고 사랑스러워 할머니의 사랑을 독차지할 만하다.

할머니는 심바를 산책시킨다고 하루에 대여섯 번씩 동네를 걸으셨으니, 심바는 할머니 건강을 책임진 일등공신이다. 덕분에 치매 진행이 서서히 된 것도 분명하다. 심바의 이름을 불러주고 빗질도 해주고 간식을 챙겨주면서 규칙적인 생활을 할 수 있었으니 말이다. 7남매는 입을 모아 심바가 제일 효자라고 고마워한다.

병원에 입원하셨을 때도 심바만 찾던 할머니가 두어 달 만에 퇴원하셨다. 다만 전보다 치매가 심해진 상태였다. 그렇다 보니 심바에 대한 할머니의 애정은 가끔 과하기도 하다. 한여름에 이불을 덮어주는 일만 해도 그렇다. 할머니는 잠들 때 당신의 품을 파고드는 심바에게 자기 이불을 끌어다 덮어주신다. 하지만 심바가 더위를 참을 리 없고, 결국 이불을 걷어차거나 빠져나오면 할머니는 '이노옴' 하고 꾸짖으신다.
심바가 부쩍 대꾸가 준 것도 못마땅해하셨다. 할머니가 다리를 다치신 뒤에는 심바도 산책 한번 제대로 하기 어려웠다. 그저 창문에 붙어서 하염없이 바깥 구경할 때가 많았다. 하물며 행동이 느린 노견 아닌가. 할머니는 아무리 불러도 대답 없는 심바에게 기어이 보행보조기를 밀고 쫓아가신다. 할머니는 왜 안 오냐고 욕을 한 바가지 하고, 심바는 영문도 모르고 욕을 먹는다. 어떨 때는 심바에게 간식 준 것을 잊고, 또 먹어라 또 먹어라 하신다. 그래놓고 심바가 사료 먹는 게 신통치 않으면 또 야단하신다.

그렇다고 할머니에게서 심바를 떼어놓는 건 모두에게 힘겹고 가슴 아픈 이별이다. 엄마는 할머니가 심바를 때리지만 않는다면 계속 함께 지내게 해주고 싶다며 할머니와 반려견까지 보살피느라 몸이 열 개라도 모자랄 지경이다. 어쨌든 할머니는 매일 심바를 쓰다듬거나 야단치려고 필사적으로 보행기를 끌며 운동하신다. 심바가 할머니의 재활운동까지 시켜주니, 열 의사가 부럽지 않다.

생각해보면, 할머니와 심바의 조합은 가족들에게 상당히 의외였고 낯선 모습이었다. 나 어릴 적에 할머니는 마당에서 키우던 누렁이들이 대청마루에 발이라도 올리면 빗자루로 쫓아내며 질색하셨다. 이제는 심바가 한 이불 덮고 같이 안 잔다고 서운해하시는 걸 보면, 반려동물이 주는 기쁨이 크긴 큰가 보다. 가족들은 할머니와 통화할 때면 꼭 심바를 바꿔달래서 막냇동생에게 하듯 인사한다. 할머니도 여행을 가시거나 하면 전화로 심바의 안부를 꼭 챙기신다.

할머니 덕분에 엄마도 강아지를 기르는 것에 관한 생각이 조금 바뀌었다. 엄마는 예전부터 동물들이 집 안 곳곳에 털 날리고 아무 데나 똥 싸놓는 것을 아주 싫어했다. 하지만 할머니와 심바의 특별한 관계를 지켜보며 마음의 빗장을 살짝 풀었다고나 할까. 친구나 가족이 되어 무료함이나 외로움을 덜어주는 심바를 보면 참 좋다고 한다. 그래서 좀 더 나이가 들면 강아지를 기르고 싶지만, 여전히 똥 치우고 식사 챙기고 목욕시키고 하는 것은 부담이란다.

"엄마! 그럼 털 안 날리는 로봇 강아지는 어때?"
"로봇 강아지? 그 비싼 장난감을 뭐다러."
"에이, 요새는 장난감 아니야. 인공지능 덕분에 주인 목소리도 기억하고, 얼굴도 알아보고, 얼마나 똑똑한데!"

키우고는 싶고 털 날리는 것은 내키지 않는 엄마에게 로봇 강아지는 어떤지 물었다. 몇 년 전 일본에서는 반려로봇의 애프터서비스A/S가 중단되자 로봇들을 그대로 죽게 할 수 없다며 제조사에 항의하는 시민단체까지 생겼다. 자식보다 더 많은 사랑과 정서적 교류를 나눈 로봇 강아지가 고장이 나면, 장례식을 치러주기도 한다니 로봇이든 동물이든 정이 들기는 매한가지인가보다. 로봇 강아지는 알레르기 문제나 식비, 병원비

이노옴, 이불 덮고 자야지!

부담도 없다. 게다가 똥오줌 치울 일도 없을 테니 엄마도 진짜 강아지보다 낫겠다고 솔깃해한다.
그런데 만약에 엄마가 돌아가시고 나면 그 로봇 강아지는 어떻게 해야 할까? 반려로봇은 주인이 이름을 붙여주고 사랑을 쏟는 것으로 생명을 얻는다. 그것이 살아있다고 한다면 주인과 유대감을 형성하고 슬픔과 기쁨 등 정서를 교류하기 때문이다. 그런 로봇 강아지에게 죽음이란 무엇일까? 그리고 로봇 강아지의 죽음의 기준은 언제, 누가 결정할 수 있을까? '전원 오프OFF'일까? 아니면 유대감이나 정서의 끊어짐일까? 호흡도 맥박도 없는 비생명체인 로봇에게 죽음이라는 개념을 적용하는 것을 양해한다면 말이다.

엄마 유품을 정리하는데, 충전 중이던 강아지가 나에게 와서 꼬리를 흔드는 것을 상상해본다. 나는 주저 없이 충전기를 뽑아버림으로써 막냇동생 같은 그 로봇의 전원을 끌 수 있을까?

할머니는 심바를 산책시킨다고
하루에 대여섯 번씩 동네를 걸으셨으니,
심바는 할머니 건강을 책임진 일등공신이다.
덕분에 치매 진행이
서서히 된 것도 분명하다.
심바의 이름을 불러주고
빗질도 해주고 간식을 챙겨주면서
규칙적인 생활을 할 수 있었으니 말이다.
7남매는 입을 모아 심바가
제일 효자라고 고마워한다.

똥 바르는 할머니, 구슬 꿰는 할머니

할머니의 '5센치' 사고 후 폭풍 같은 몇 달이 지났다. 7남매 모두에게 엄마의 치매는 처음이었고, 간병도 처음이었다. 이제 와 생각해보면 몰랐으니 했지, 알았으면 못 했겠다면서 지친 등을 두드리며 서로를 위로해야 마땅한 일이었다고 엄마는 회상했다.

첫 두어 달은 병원 사람들에게 미안해서 어서 퇴원만 했으면 했다. 다리 고통에 치매기가 부쩍 심해진 할머니가 하도 집에 가자고 소리 지르는 통에 의사, 간호사는 물론 다른 환자와 보호자들까지 아주 곤혹스러운 날들이었다. 그 죄송함을 표현할 길 없어 병원에서 늘 죄인처럼 머리를 조아렸다.
퇴원 후 두어 달은 깁스만 풀었으면 좋겠다 했다. 깁스가 답답했던 할머니가 매일 '풀어라 잘라라' 호통을 치는 바람에 모두 기진맥진했다. 자꾸 움직이면 뼈가 붙지 않는다고 할머니를 붙잡으러 쫓아다니기까지 했다. 시간은 흘렀고 드디어 깁스를 풀었다.
그다음 두어 달은 그저 할머니를 지켜보는 게 일과여서 무료함과 우울감에 점점 마음의 그늘이 깊어졌다. 아무도 모르는, 오직 간병인만 아는 갑갑한 세상이었다. 요양사가 잠시라도 방문하게 된 뒤에야 숨통이 좀 트였다. 하지만 그 구원은 잠시뿐, 일상을 온전히 되찾기에는 역부족이었다.
드디어 보조기를 천천히 밀며 할머니가 다시 걸을 수 있게 되셨다. 전부터 가족들은 할머니가 거동이 좀 편해지시면 요양원으로 모시자고 했었다. 이제 할머니를 요양원에 모실 것인지, 결단해야 했다.

"결정했어? 이번에는 요양원에 가시는 거야?"
"글씨, 요양원에 모시기에는 너무 말짱하시단 말이야. 깁스 풀고 나니 마음이 편해지셨는지 그 덕에 치매도 좀 좋아지신 거 같고 그래야."

엄마는 아쉬움에 쉽게 결정이 어렵다고 했다. 할머니가 화도 안 내시고 갈수록 좋아지셔서 다른 방법이 없나 알아보다가 주간보호센터라는 곳에 상담했더니, 할머니 치매 정도가 심하지 않으면 오전부터 오후까지 7시간 정도를 노인유치원에 가실 수도 있다고 했단다. 결국 할머니는 비교적 '고운 치매'로 판정되어 유치원에 합격하셨고, 엄마는 할머니를 요양원에 모시기로 했던 계획을 또 한 번 번복했다.

그렇게 할머니 간병을 위한 새로운 도전이 노인유치원과 함께 시작되었다. 유치원에서 돌아오는 오후부터 저녁 시간만 돌봐 드리면 되니 상황이 훨씬 나아졌다. 일단 간병의 주축인 엄마와 둘째 이모가 합의했으니, 나머지 형제자매들도 우려를 접어두고 새로운 시스템을 두 달간 적용하기로 했다. 할머니의 치매 상황을 알고 그에 맞는 적절한 대우를 하려고 우리 가족에 맞는 프로그램을 직접 기획하고 실행하는 엄마의 행보는 어떤 정치인보다 유능해 보였고 무척 존경스러웠다.

노인유치원 가는 첫날, 할머니는 어디 가냐고 묻고 또 묻고 하셨지만 잘 놀다 오셨다. 이틀째 되는 날은 지루하셨는지 집에 간다고 선생님을 힘들게 하셨단다. 그래서 다음날부터는 할머니가 좋아하는 산수 문제집과 구슬 끼우기 도구, 동물 장난감을 챙겨서 보냈는데, 집중해서 한두 시간은 혼자 거뜬히 보내신단다. 어린이 유치원에서 하듯 구슬을 꿰어 목걸이도 만들어 오시고, 공부한 학습지도 들고 오셨다.

"할머니가 산수 공부를 하신다고?"

"더하기, 빼기는 일도 아니어야. 곱셈, 나눗셈도 암산으로 하셔부러. 놀라워, 암튼."

엄마는 90세 훌쩍 넘어 발견한 할머니의 재능을 마치 자식 자랑하듯 늘어놓았다. 할머니는 매일 밤 10시가 넘도록 연필을 꼭 쥐고 산수 문제를 푸신다. 말리지 않으면 종일 산수 공부를 하신다니 처음에는 믿기 어려웠다. 하지만 문제집이 부족해서 따로 프린트한 문제까지 붙여서 풀 정도로 재미있어 하신다니 말 다 했다. 전해 들은 이야기 중 진짜 신기했던 건 일제강점기 소학교에서 배운 일본어로 '이찌, 니' 하며 계산한 후에 한국말로 푸는 재주다. 게다가 손가락셈도 안 하고 바로 답이 나온다니, 할머니 이러다 대학 가시겠다고 엄마랑 나는 한바탕 웃었다.

얼마 지나지 않아 할머니는 유치원에 잘 적응하셨다. 엄마와 이모에게 부탁해 진짜 유치원 아이들처럼 로션도 바르고 머리도 예쁘게 빗고 매일 깨끗한 새 옷을 입고 가셨다. 옷 갈아입히기가 아주 어려웠던 예전 일이 믿어지지 않을 정도란다. 어느 날은 하원을 도와주는 선생님에게 고맙다며 천 원짜리 한 장을 차비로 하라고 내미셨단다. 선생님이 할머니를 '이쁜 할머

이까!!
니!

니'라고 부른다고 했더니, 엄마는 정말 어미 고슴도치같이 웃음이 막 나왔다고 했다.
할머니의 유치원 생활이 안정기에 접어들자, 엄마와 이모는 신이 났다. 하루 7시간의 자유 시간이 주어졌다. 특히 둘째 이모는 서울에 있을 때 치던 배드민턴을 담양에서도 계속하겠다며 체육관에서 알차게 시간을 보내셨다.

새로운 간병 시스템이 도입된 후 두어 달이 훌쩍 갔다. 할머니는 집에만 계실 때보다 유치원에 다니신 이후로 점점 더 총명해지시고 눈빛이 살아나셨다. 치매에 걸리기 전으로 돌아가기는 어렵겠지만, 적어도 더 나빠지시지는 않을 것 같다는 점은 정말 다행이었다.
그런데 새로운 간병 시스템의 문제는 환자보다는 보호자의 사정에서 불거졌다. 우선은 온종일 간병하던 가족들의 역할이 적어졌다. 한 번 맛본 자유는 더 많은 자유를 갈망하게 했고, 다시금 무료함과 우울감이 찾아왔다. 다행히 할머니는 몸이 불편하시지 않으니 수발까지는 필요 없었다. 일상생활에서 도움이 필요한 일은 식사와 옷 벗고 입기를 챙겨드리는 게 다였다. 24시간 대기까지는 필요 없었다.

더 큰 문제는 둘째 이숙이 이모에게 그만 서울로 올라와달라고 한 일이다. 그러고 보니 혼자 외로이 지내셨을 이숙도 이모가 할머니 간병에 시달리는 것만큼이나 힘드셨을 것이다. 이모도 이숙도 70세를 넘긴, 돌봄이 필요한 노인이니까.
상황을 듣고 셋째 이모와 이숙이 위로차 들렀을 때, 엄마는 어찌해야 할지 답을 못 찾겠다고 허심탄회하게 말했다. 그에 이숙은 답은 없지만, 결론은 요양원 하나지 않느냐, 다른 집들도 다 힘들게 고민하다가 결정을 하더라고 넌지시 의견을 내고 갔다. 엄마는 다시 한번 할머니를 요양원에 모실지 말지의 기로에 섰다.

엄마는 답답하고 시끄러운 속을 털어내려고 내게 전화를 걸어왔다. 할머니의 치매, 할머니의 요양원 이야기는 자연스럽게 엄마의 치매, 그리고 엄마의 요양원 이야기로 흘러갔다. 왜 아니겠는가. 자식으로서 엄마의 인생에 '치매'나 '요양원'이라는 단어가 끼어드는 건 상상만 해도 가슴이 저린 일이었다. 하지만 엄마는 담담하게 그리고 진지하게 말했다. 만약에 당신이 한 인간으로서 인격과 자율성을 상실한 상황이라면 딱 생존만 할 수 있게 관리해주는 곳으로 보내달라고. 그런데 만약에 당신이 인격이 살아 있고 자존심을 지키길 원하는 상황이라면, 그때는 좀 더 좋은 환경을 갖춘 요양원으로 보내달라고 말이다.

"엄마, 우리 지금부터 미리 어느 요양원이 좋을지 같이 보러 다닐까?"
"모델하우스처럼? 요양원도 따지고 보면 내가 살 집이니께. 하하."

어쩌면 엄마의 저물녘에는 자신이 선택해둔 요양원에서 여생을 보낼 수 있겠다.

담양 할머니는 노인유치원이나 복지센터의 도움을 받으며 생각보다 말짱하게 생활하신다. 구슬도 잘 꿰고 산수 문제를 푸는 것도 아직 거뜬하시다. 그런데 지금으로부터 약 30년 전, 치매가 심하셨던 곡성 친할머니는 배변을 가리지 못하시고 장판을 찢다가 생을 마감하셨다. 복지서비스나 요양시설마저 제대로 없던 시절이었다.
똥 바르던 할머니를 지나, 구슬 꿰는 할머니를 지나 우리 엄마

세대에 이르기까지…. 모두가 세월을 피할 수는 없지만, 그 끝은 다르리라. 안타깝고 아쉬운 것이 그저 세월이기만 했으면 좋겠다. 엄마가 할머니를 위해 준비할 마지막 선물이 궁금해진다.

할머니, 꼭 개근상 받으셔야 해요!

할머니의 요양원행의 목전에서 엄마의 고민은 짧고 굵었다. 누군가 할머니 유치원 가시기 전에 아침 식사와 옷만 챙겨드리고, 하원 후에 저녁 식사만 챙겨드리면, 24시간 간병은 필요 없다는 핵심으로 바로 파고들었다. 이제 문제는 그 누군가가 누가 될 것이냐였다. 동네 아주머니한테 부탁을 해야 하나 어쩌나, 엄마는 화장실 가는 시간까지 아껴가며 24시간이 모자라게 고민했나 보다.

"엄마, 할머니 돌봐줄 분을 찾았다고?"
"잉. 대박, 대박이당께!"

마침내 유레카Eureka다. 면사무소 노인돌봄바우처에 물어보니, 주간보호센터(노인유치원)를 한 달에 20일 개근하면, 방문 돌봄을 주5일 매일 1시간 지원받을 수 있다는 것이다. 듣는 내가 다 흥분되어 전화통을 붙잡고 엄마와 같이 소리를 질렀다. 별 제도가 다 있었고, 그걸 또 찾아낸 엄마도 새삼 별스러웠다.

이런 연유로 90대 할머니에게 중요한 임무가 생겼다. 바로 유치원 20일 개근이다. 7남매를 초, 중, 고, 대학까지 졸업시킨 할머니가 이제는 몸소 개근하시는 것으로 모범이 되셔야 했다. 행여 어려움이 있다면 형제자매가 전부 달려들어 반드시 이루어내야만 했다. 그렇게만 된다면야 오후 방문은 나라에서 지원받을 수 있고, 오전 방문만 가족들이 따로 비용을 지급하면 되었다. 간절히 두드리니 참깨도 없이 문이 열렸다. 이것으로 월요일부터 금요일까지 평일은 해결된 셈이다. 이제 주말만 남았다.

일단 엄마의 큰 그림은 이랬다. 토요일은 이모들이랑 돌아가면서 들여다보고, 일요일에는 할머니가 거의 종일 교회에서 보내시다가 다저녁때 돌아오시니 혼자 지내실 수 있는지 확인만 되면 해볼 만하다는 것이다. 아침에야 동네 분들 다 같이 목사님 차를 타고 교회에 가니 걱정이 없다. 교회에 가서야 찬송도 부르고 부활절 달걀도 만들고 아침도 먹고 점심도 먹으니 어울릴 사람도 많고 소일거리도 충분하다. 이토록 고마운 교회에 감사헌금 드리는 것만큼은 할머니가 아직 잊지 않으셨다니, 더할 나위 없었다.
엄마는 드디어 원하는 그림을 완성했다. 평일 오전 9시 전에는 민간 방문돌봄서비스로, 오전 9시에서 오후 4시는 주간돌

봄센터의 유치원에서, 이후 5시에서 6시는 기관 방문돌봄서비스의 도움을 받는다. 토요일은 자녀들이 돌아가며 효도 분량 포인트제를 유지한다. 일요일 종일은 교회의 도움을 받는다. 이 계획대로만 된다면 할머니는 당분간 요양원에 가지 않으셔도 된다.
엄마는 할머니의 일정을 요일별, 시간별로 짜서 치매 노인 성장프로그램, 일명 '혼자서도 잘해요'를 공약으로 내세웠다. 가족회의 결과는 만장일치 국회 통과였다. 앞으로 최소 10년간은 이 정책을 통해 할머니가 행복이 넘실넘실 어리는 백세 인생을 보내셨으면 하고 바랐다!

그즈음 나도 할머니를 뵈러 유치원에 갔다. 의무감이나 죄책감을 안고 가뵙지 않아도 되는 것만으로도 기쁜 마음이 들었다. 유치원은 논밭이 펼쳐진 벌판 한가운데 제법 멋지게 지어진 4층짜리 신식 건물에 있었다. 봉사할 때나 몇 번 가보았던 어두침침한 다른 양로원과 달리, 시설이나 분위기가 꽤 좋아 보였다. 마침 점심시간이라 센터 내에서 이동하시는 어르신들로 복도가 분주했다. 할머니 방에 들어가 보니 세 분의 어르신이 각자 침대에 누워 함께 쉬고 계셨다.

오랜만에 할머니를 뵈러 가며 내심 치매 환자의 표정 없는 얼굴과 텅 빈 눈을 상상하며 두려워했던 걸까. 할머니가 예전에 웃으시던 표정 그대로 입혀진 입가와 눈가의 고운 주름을 보고 나서야 나는 마음이 좀 놓였다. 내가 기억하던 그 고운 미소를 머금은 채 할머니는 나를 무척 반가워하시면서도 누구냐는 질문은 끝까지 되풀이하셨다.

"울 어무니가 5분마다 똑같은 걸 물어보신다니 어짜쓰까요잉. 어르신들이 고생이 많으십니다요잉."
"괜찮여. 똑같은 걸 물으면 뭣이 어떤디. 똑같이 또 대답하믄 되지라. 깔깔깔."

엄마가 같은 방 어르신들께 감사와 사과의 마음을 전하니 옆 침대에 계시던 어르신이 괜찮다며 손사래를 치신다. 집에 가려고 인사하고 나올 때는 할머니가 내게 아들 낳으라는 덕담을 하셔서 모두 한바탕 웃었다. 할머니의 기억 속에 나는 아직도 갓 결혼한 손녀딸로 머물러 있는 것일까.

마지막 단계로, 엄마는 할머니가 저녁에 혼자 어디로 나가지 않고 잘 계시는지 확인하려고 첩보영화를 찍었다고 했다. 대문 밖에 숨어서 할머니가 어떻게 하시나 지켜봤더니, 주무시기 전에 대문 밖에 나와 골목을 한 번 둘러보시고, 문을 잘 닫아 잠그시더니 들어가셔서 주무셨단다. 계속 사시던 곳이니 무작정 떠나진 않으실 테고, 문단속까지 잘하시니 걱정이 없어졌다. 모두가 진행될 거라고 여겼던 할머니의 요양원행은 결국 또 무산되었다.

한편 엄마는 이모들과 그동안의 마음고생, 몸 고생을 마무리하는 시간을 마련했다. 하얀 티에 검정 바지를 맞춰 입고 할머니와 딸 다섯이 함께 여행을 갔다. 모두가 서울로 돌아가는 둘째에게 수고했다고 위로했다. 또 번갈아 가면서 고생한 셋째, 넷째, 다섯째에게도 고마움을 전했다. 엄마는 그 여행을 '돌봄 졸업 여행'이라고 이름 붙였다.

10개월 남짓 엄마가 할머니를 돌보는 일에 포기하지 않고 도전해온 덕분에 나도 치매에 대해 조금 살펴볼 수 있었다. 처음에는 치매에 '절망'이라는 레퍼토리 하나만 있을 거라고 생각했다. 하지만 천천히 지켜보니, 치매는 그저 슬프기만 한 드라마는 아니었다. 치매는 가족을 모이게 하고, 돌봄의 고마움을 알게 하고, 숨겨진 재능을 빛나게도 했다. 가족이, 사회가 치매와 노화를 자연스럽게 받아들일 수 있다면, 치매는 관리하기에 따라 충분히 죽음으로 가는 좋은 길 중의 하나가 될 수도 있겠다는 생각도 들었다.

치매가 빚어내는 오묘한 이야기 속에서 할머니가 행복했으면 좋겠다.

할머니, 꼭 개근하셔야 해요!

기억해!
엄마와 다섯 자매가 함께한
돌봄 졸업 여행

4장

죽음아! 너도 뭔가를 해야 하지 않겠니?

엄마! 할머니 코 밑에 휴지를 대보자!

삶의 마지막을 집에서 맞이하고 싶어 하는 사람은 많지만, 실상 여건은 좋지 않다. 환자에게 끝까지 의료행위를 하지 않으면 안 된다고 생각할 정도로 의료기술이 발달했고, 장례 비즈니스가 커지면서 집에서 임종을 맞는 문화가 사라진 탓이다. 오늘날 한국인의 70퍼센트가 병원에서 임종을 맞는다고 한다. 그런데 30여 년 전만 해도 많은 사람이 집에서 임종을 맞았다. 아마 내가 집에서 장례를 치르는 걸 본 마지막 세대일지도 모른다. 곡성 친할머니가 돌아가시던 때가 처음이자 마지막이었다.

그날, 할머니가 계신 안방을 살짝 열어보니, 방에서 전과 다른 기운이 느껴졌다. 할머니는 미동도 없으셨다. 평소에는 늘 방문 쪽을 바라보고 주무셨지만, 그날은 방문을 등지고 누워계셨다. 주무시는 것과 돌아가신 것을 어떻게 구분해야 할지 몰라 당황스러운 한편 돌아가셨는지 의심하는 마음조차도 죄스럽게 느껴졌다. 또 마지막 인사도 못 하고 가셨을까 봐 마음이 조급했다.
발소리를 죽이고 다가가서 할머니를 불러보았다. 숨 막히는 적막감이 방안을 가득 메웠다. 나는 엄마와 눈짓으로 무언의 대화를 나눈 후, 손을 뻗어 할머니 어깨를 살짝 흔들었다. 생전 처음 느끼는 서늘한 기운이 전해졌다.

“엄마, 할머니 코 밑에 휴지를 대보자!”

행여 할머니가 들으실까 봐 엄마에게 속삭였다. 두 겹의 휴지를 낱장으로 분리하고, 손가락 크기로 찢었다. 작은 움직임에도 하늘하늘 흔들리는 휴지를 할머니 코 밑에 가져가보았다. 엄마도 나도 잠시 숨을 멈추었다…. 방 안 모든 사물이 휴지와 함께 정지하였다. 다리가 풀려 주저앉았다. 하지만 슬퍼할 겨를도 없었다. 장례 일을 전문으로 대행해주는 곳이 없을 때여서 장례를 어떻게 치러야 할지 몰라 우왕좌왕했다. 다행히 엄마가 다니던 성당에서 장례를 도와주시는 분들이 와주셔서 장례절차를 진행했다.
염습과 입관을 할 때는 보기를 원하지 않는 가족은 나가도 된다고 하셨지만, 나는 몇몇 친척분들과 함께 남았다. 할머니가 어디로 가시는지 궁금했다. 처음 겪어본 죽음이 어떤 모양과 색, 냄새, 소리로 이루어졌는지 알고 싶었는지도 모른다. 장의사는 할머니의 몸이 움직이지 않도록 단단히 묶었다. 손과 발도 가지런히 하여 고정했다.

어제까지 살아계시던 할머니는 관에 누워계셨다. 작고 마른 몸이 흔들리지 않도록 관은 흰 천으로 채워져 있었다. 머리를 곱게 빗은 할머니의 주름진 얼굴을 마지막으로 들여다보았다. 흐느끼던 울음 새로 왈칵 신음이 터져나왔다. 주무시던 중에 돌아가셔서 그랬을까, 할머니는 그저 잠이 든 사람처럼 평온해 보이셨다.

"아이고 아이고" 하는 고모들의 곡소리는 한참 동안 이어졌다. 이따금 소리가 잦아드는 순간이 오면 누군가 훌쩍거리고 그러면 또다시 곡소리로 방이 가득 찼다. 두려움과 설렘으로 저세상 가시는 할머니에게 당당하게 가시라고 기원하듯, 멀리까지 들리도록 크게 곡을 했다. 막내 고모는 자주 찾아보지 못해 죄송하다며 제일 크게 울었다. 곡을 마친 고모들은 치매 걸린 할머니를 돌보느라 고생이 많았다며 우리 가족에게 고맙다는 인사를 전했다.

곡성에 계시던 할머니를 모셔올 때부터 치매가 있으셨던 건 아니다. 처음 우리 집에 오셔서 도시 생활을 시작하셨을 때, 친구가 없으신 것이 마음에 걸려 동네 할머니들이 모이는 곳을 알려드렸다. 하지만 할머니는 당신이 소학교를 다녔고, 종갓집 며느리였고, 시아버지가 독립운동가였다는 등 여러 이유로 다른 할머니들과는 다르다는 말뿐이셨다. 갑자기 환경이 바뀐 데다, 혼자 사는 것에 익숙해져서 그러신지 할머니가 낯선 사람들과 어울리지 않으시려 한 것이 어떤 결과를 가져올지 그때는 예상하지 못했다.

외로우실 곡성 할머니를 안쓰러워하던 차에 순천 할머니(곡성 할머니의 동생)의 방문이 하루 이틀에서 장기 기거로 바뀌었다. 무려 10년간이나 지속된 이 기거 동안 두 자매가 서로 의지하시는 모습을 보며 걱정을 조금 덜었다. 두 분이 싸우시다가 가끔 순천 할머니가 삐치셔서 안 오시는 날도 있었지만, 그 존재만으로도 큰 위안이었다. 곡성 할머니에게 치매로 의심되는 증상이 나타났을 때쯤, 순천 할머니도 치매 증상을 보이시면서 본가로 들어가셨고, 곡성 할머니는 다시 혼자 남게 되셨다. 그 후로 치매가 심해지셨다.
식사하시자마자 밥을 안 준다고 야단을 치시기에, 처음에는 장난하시는 줄 알았다. 치매의 시작이었다. 매일 나에게 너는 누구냐고 하실 때, 할머니가 할머니 아닌 다른 사람인 것처럼 느껴져 복잡한 감정이 들었다. 치매예방센터나 국가노인돌봄 제도가 전혀 없던 시절이었다. 할머니의 노화와 치매는 그저 어쩔 수 없는 것으로 여겨졌고, 가족회의를 해도 아무런 대책이 없었다. 식사를 챙겨드리고, 문제 상황에 대응하는 것 외에 할 수 있는 일이 없었다. 소일거리 삼은 화투패 맞히기와 바느질이 도움이 되시기를 바랐다.

걸어서 화장실에 가시지 못할 정도가 되셨을 때는 정말 어찌할 바를 몰랐다. 할머니는 더 고통스러우셨을 것이다. 기저귀를 권해드렸으나, 엄청나게 역정을 내시고 호통을 치셨다. 처음에는 아빠가 할머니를 안고 화장실로 모시고 갔지만, 치매가 심해지면서 통제 불능의 상황이 되었다. 벽지, 장판은 늘 찢어져 있고 분변이 묻어 있었다. 일주일에 한 번씩 벽지와 장판을 새로 해드리는 것도 한계가 있었다. 가족이자 환자인 분에게 어떻게 해야 하는지, 무엇을 해야 하는지 몰랐다. 자손으로서 죄송스럽고, 당시 치매 환자에 대한 사회적 의료서비스의 한계가 아쉬운 부분이다.

곡성 할머니는 장례식 날이 되어서야 새 벽지와 깨끗한 장판으로 정돈된 방에 몸을 누이셨다. 10년 넘은 치매와 노화의 흔적을 깨끗이 벗으셨다.
고운 자태의 할머니를 모신 관은 뚜껑이 닫힌 채, 병풍 뒤에 놓였다. 그렇게 오롯이 할머니 혼자 남았다.

할머니 손때가 묻은 자개농이 햇살을 받아, 금빛 은빛 일렁이는 여울처럼 빛났다.

나의 죽음을 아무에게도 알리지 말라!

오빠와 나는 데면데면한 남매였다.
대단히 나쁠 것도 없고, 딱히 좋을 것도 없는 그런 사이였다.
졸업 후, 미국에 가 있던 3년 동안 변변한 전화나 문자 한 통 주고받은 적 없었다. 그러던 차에 오빠한테 한국으로 들어오라는 전화를 받았다. 무슨 일인지 물어도 들어오면 얘기해주겠다는 말뿐이었다.
무슨 일이 있구나. 무서운 직감이 들었다. 밑도 끝도 없는 오빠의 말은 누군가의 '죽음'에 생각을 이르게 했다. 더 물어볼 수도 없고, 물어보고 싶지도 않았다. 결론을 미리 알고서 애통한 마음으로 혼자 열 시간 이상의 비행을 견딜 용기가 없었다. 차라리 모르는 데서 오는 불안과 함께 비행하는 것을 택했다. 한국에 도착하자마자, 오빠를 만나러 갔다.

오빠는 나를 병원으로 불렀다. 역시 아프구나. 누가 아프지? 많이 아픈가? 어디가 아프지? 이런 낯선 질문들이 싫은 건지, 몇 해 동안 떠나 있던 서울이 어색한 건지, 병원까지 가는 길이 너무 덥고 복잡하게 느껴졌다. 곧이어 도착한 병원에서는 통속극에서 본 듯한 상황이 전개됐다. 하얀 벽으로 둘러싸인 진료실에서 의사는 '머리 종양, 머리뼈, 수술' 등 살면서 몇 번 들어본 적 없는 단어를 섞어가며 오빠의 상태를 설명했다. 머릿속 종양이 커지면서 뼈를 상하게 했기에 수술이 시급하다고 했다. 한국말조차도 못 알아듣는 나에게 의사는 계속해서 못 알아듣겠는 소리만 했다.
수술은 어떻게 하는 것이냐며 떨리는 목소리로 겨우 입을 뗀 나에게 의사는 아주 친절하고 적나라하게 답변했다. 펜을 든 의사의 손이 뼈를 잘라낼 방향 몇 가지를 따라 두개골 모형 위를 미끄러지듯 부드럽게 움직였다. 사람 살리는 병원에 왜 두개골을 두는지 새삼 알게 되는 순간이었다.
'종양'이란 단어로 스트레이트 한 방 맞고, '두개골 오픈'으로 어퍼컷을 연달아 맞았더니 정신이 혼미했다. 쌍코피 대신 눈물이 주르륵 흘렀다. 수술 후 완치 가능성을 묻는 말에 의사는 '5대5'라는 강력한 펀치를 날려 나를 녹다운시켰다.

의사는 보호자인 내가 다음 주에 있을 수술의 동의서에 서명할 것을 요구했다. 그게 바로 내가 한국에 소환된 1차 목적이었다. 동의서는 수술 중 또는 수술 후 발생할 수 있는 문제점 및 후유증 그리고 그로 인한 사망 가능성에 대한 책임이 의사와 의료기관이 아니라 환자 본인과 환자 가족에게 있다고 적

시하고 있었다. 나는 가족 대표로 그 무거운 짐을 지게 되었다. 그런데 내가 없었다면, 오빠는 이 모든 상황을 혼자 짊어지려고 했던 것일까.

경황없는 나와 달리, 오빠는 덤덤해 보였다. 드라마였다면 주인공은 못 했을 것이다. 자신이 죽을지도 모른다는 사실을 부정하거나 왜 하필 자신이냐며 분노하지도 않았다. 낙담하거나 우울해하지도 않았다. 그저 모든 상황을 수용하고 있었다. 그날 오빠는 죽음을 이성적으로 인식하고, 다음 단계를 계획하는 듯했다. 나중에 알았지만, 직장도 그만두고, 여자 친구와도 일부러 헤어져버린 상태였다. 최악의 상황을 염두에 두고 자신의 주변을 정리하고 있었던 것 같다.
하지만 이미 상황을 받아들인 오빠와는 달리, 나는 한껏 비극의 여주인공이었다. '뭐야, 나만 슬픈 거야? 오빠라는 존재가 소멸될 수 있다는 공포를 나만 느끼는 거야? 오빠는 죽음이 뭔지 미리 알고, 두려움을 이겨낸 거야? 한 번 죽으면 끝이라는 걸 모르는 거야? 어차피 모두 죽는 것이니 체념해버린 거야?'
우린 감정선이 달라도 너무 달랐다.
한 가지 더 기가 찼던 건, 오빠는 이 일을 아무도 모르게 준비했다는 거다. 수술 결과가 좋다면, 부모님께 나중에 말씀드리면 되고, 수술 결과가 나쁘다면 충격받으실 부모님을 보살필 사람은 나밖에 없으니 나를 한국으로 불러야 했다. 그게 내가 소환된 2차 목적이었다.

나는 고심 끝에 엄마에게 전화를 걸었다. 일단 엄마를 의자에 앉히고, 차분하게 상황을 전했다. 내가 갑자기 귀국한 건, 오빠가 조금 아프기 때문이라고, 의사가 급히 수술해야 한다고 하니, 다음 주에 서울에 올 수 있느냐고 물었다. 의외로 엄마는 큰일에 배포가 컸다. 급한 수술인 만큼 빠른 상황 판단으로 바로 대책을 세웠다. 일단 수술을 잠시 미루고, 일가친척을 소집해 다른 검사를 더 받게 하고, 다른 의사, 다른 병원의 의견도 들어보았다. 다른 수가 없다는 결론이 나서야 계획되었던 수술을 했다. 그렇게 대대적인 두개골 오픈 수술을 감행한 오빠는 100개가 넘는 의료용 스테이플러를 박은 채로 씩씩하게 퇴원했다.

우리 집 식구들은 좀처럼 죽음의 서막을 알리는 법이 없다. 아빠의 대장암 수술 때도 퇴원하시기 전날에야 알았다. 슬픔과 충격에서 가족을 보호하겠다고, 참 입이 무거운 사람들이다.

그래도 미리 말 좀 하지….

'나의 죽음을 아무에게도 알리지 말라' 하셨다던 이순신의 후예라 그런가, 실제로 임박한 죽음을 숨기는 사람들을 많이 봤다. 죽음을 미리 알고 슬픔과 고통을 절반씩 나누어 갖는 게 나을까, 아니면 모르는 채 있다가 순간처럼 영원히 이별하는 게 나을까? 이순신 장군님은 멋지게 돌아가셨지만, 오빠가 그렇게 멋지게 가버렸더라면, 우리 가족은 어떻게 되었을까?

생각해보면 그날의 수술동의서는 관계를 더 단단히 잡아매겠다는 동의서였던 것 같다. 그날 이후 우리 남매간에는 전혀 없다고 생각했던 끈끈한 우애가 생겼다. 아니, 나는 계속 끈끈했던 우리를 기억 속에서 찾아냈다. 까까머리 중학생이던 오빠가 용돈을 모아 동물 모양 손목시계를 사주었던 일, 짓궂게 굴던 동네 꼬마 녀석들을 물리치고 나를 구해냈던 일을.

기억의 먼지를 닦아내어 관계가 더 아름다워진 것처럼, 죽음이 찾아와도 숨기지 말고 늘 곁에 두고 정돈하면 삶이 더 빛나지 않을까.

개
발
에

편
자,

해
골
에

다
이
아
몬
드?

보석이 촘촘히 박혀 반짝이는 해골처럼 해괴한 조합이 또 있을까. 현대미술가 데미안 허스트Demien Hirst의 '신의 사랑을 위하여'라는 작품의 첫인상이었다. 실제 사람의 두개골에 8000여 개의 다이아몬드를 붙여 만들었는데, 엄청난 고가이기도 하고 비판과 찬사를 동시에 받아 유명세를 치른 작품이기도 하다.
내가 이 작품에 단박에 매료되었던 이유는 나중에야 좀 이해할 수 있었다. 물론 다양한 해석이 가능하겠지만, 이 작품은 죽음이 어둡고 피해야 할 것이 아니라, 아름답고 욕망할 만한 것이라는 생각이 들게 한다. 죽음은 정말 신이 인간에게 준 사랑이라고 말할 수 있을까?

죽음이 뭔지 생각해볼 생각조차 해보지 않았을 나의 어린 시절, 병아리나 토끼, 강아지를 종이상자에 담아 파는 모습은 1980년대 국민학교 앞 흔한 풍경이었다. 어느 날 치명적인 노오란 유혹에 학교 앞에서 몇십 원을 주고 병아리 두 마리를 샀다. 그날은 종일 그 작고 따뜻한 존재를 손바닥 위에 올려놓고 쓰다듬고, 연신 볼에 비벼댔다.

“정말 부드럽고 노오랗고 예쁘다아. 오빠! 우리 같이 병아리 집을 만들어주자.”

오빠와 나는 라면박스를 곱게 접어서 병아리들 집을 만들어줬다. 한 마리는 유독 오빠를, 한 마리는 유독 나를 따라서, 오빠 병아리와 동생 병아리는 자연스럽게 우리 가족이 됐다. 가는 곳마다 우리 뒤를 얼마나 잘 쫓아오는지, 하교 후에 우리는 오누이 병아리들과 재밌게 지냈다.
하루는 외증조할아버지가 방문하셨다. 우리는 반가움에 쌩 달려가서 안겼다. 병아리들은 여느 때처럼 오빠와 나를 쪼르르르 따라왔다. 그 사실을 모른 채, 나는 할아버지의 품에 안겼다가 떨어져 나왔다. 아뿔싸! 하필이면 내 발치에 오빠 병아리가 있었다. 오빠 병아리가 그 사고로 죽었다. 그때 그 아수라장이란!

이렇게 ‘죽음’이라는 사건이 내 인생에 처음 발생했다. 큰 충격과 슬픔에 빠진 오빠에게 가족들은 병아리가 좋은 곳에 갔을 것이라며 위로했다. 오빠가 진정되었을 때쯤, 오빠 병아리의 장례를 어떻게 할 것인지에 대해 긴급회의를 했다. 집 안뜰

한쪽 양지바른 곳에 묻어주자는 결론을 얻었다. 나무로 만든 작은 십자가도 세워주고, 묵념과 축복의 기도도 해주었다. 소소한 절차지만, 서로를 위로할 수 있었다.
일주일 즈음 뒤, 학교에 갔다 와보니 동생 병아리가 보이지 않았다.

"동생 병아리가 안 보여요."
"고양이가 물어서 죽어버렸어야. 우짜스까나?"

믿을 수 없는 소식에 한동안 멍해 있다가 사체의 행방을 물었다. 쓰레기통에 버렸다는 답이 돌아왔다. 나는 어떻게 나한테 물어보지도 않고 병아리를 그냥 갖다버렸냐며 한참을 울었다. 오빠 병아리는 뜰에 묻어주고, 어떻게 동생 병아리는 그냥 버릴 수가 있냐며 악을 썼다.

병아리들과의 이별은 오랫동안 마음에 남았다. 나는 잘 보살펴주지 못해 미안하다고 말해주고 싶었다. 특히 증발하듯 허망하게 사라져버린 동생 병아리에게. 어른들 마음대로 하는 바람에 병아리와 작별 인사도 못 했고 상자에 넣어 따뜻한 곳에 묻어주지도 못했다. 모이통이나 물그릇도 처리하지 못하고…. 어떻게든 나와 인연을 맺었던 존재와의 관계를 정리하지 못한 게 억울했다.
오빠 병아리가 죽었을 때는 충분한 이별의 시간이 있었다. 다 같이 애도하고 장례절차를 의논했다. 그러면서 죽음을 기리는 것은 떠나는 자를 위한 것이지만, 결국 보내는 자를 위로하는 자리임을 알게 되었다. 상실의 아픔을 극복하는 데는 시간이 필요하고, 생전에 가까웠던 가족을 더욱 특별히 배려해야 한다는 것도.

미물의 것이든 사람의 것이든, 죽음은 그 자체로 두렵고 덧없는 것이지만, 생각하기에 따라 가치 있는 메시지를 전달하기도 한다. 병아리와의 짧은 만남에서도 그러한데, 몇십 년을 함께한 가족이라면, 심지어 나 자신이라면, 행복했던 추억과 사랑했던 기억이 얼마나 많을까? 그리고 거기서 얼마나 귀중한 메시지들을 얻게 될까?
그 메시지가 무엇인지는 죽음이 부여한 침묵의 소리에 귀 기울이려고 하는 만큼 들리겠다. 그리고 병아리가 가르쳐주었듯, 그 이야기에 귀를 기울이면, 죽음이 보낸 슬픔의 반을 도로 가져가줄지도 모른다.
이렇게 보면, 그 메시지들은 죽음이 남은 자들에게 남기는 선물이겠다. 마치 시간이 지나도 반짝이는 보석처럼. 엄마에게 데미안 허스트의 해골을 보여줬을 때, 엄마는 말했다.

"이거 좋네잉! 내 두개골에도 저렇게 다이아를 많이 박아두면 자식들이 대대손손 자주 보러 오겄다야. '아이고 어무니~' 하면서 볼때기에 있는 다이아 하나, '사랑합니다잉~' 하면서 이마에 있는 다이아 하나씩 가져가면 좋겄시야. 한참은 자주 오겄는디? 히히히."

엄마는 죽어서도 자식에게 선물이 되었으면 하는가 보다.

13살, 죽음의 문턱 구경

"독수리 5형제! 나를 따르라."

나와 동네 친구 세 명, 그리고 오빠까지 총 다섯 명의 독수리 5형제가 무등산에 갔다. 다섯 살 때부터 부모님과 거의 격주로 무등산을 오르던 나와 오빠와 달리, 다른 친구들은 무등산이 처음이었다. 오빠와 나는 선두에 서서 동네 조무래기들을 데리고 호기롭게 산자락을 타기 시작했다.
"왼쪽! 오른쪽!" 대장처럼 지휘하며 위로 올라가는데 산이라는 게 그 길이 그 길이고, 그 나무가 그 나무 같지 않던가! 어른들 뒤만 졸졸 따랐던 산행을 앞에서 끌고 가려니, 매 갈림길이 선택의 기로였다. 우리는 등산객 뒤를 따라가기도 하고, 등산객이 방금 내려온 길로 올라가기도 했다.

"애들이 대단하네."

내려가던 어르신들이 한마디씩 했다. 어깨가 으쓱했다. 하지만 길은 점점 좁아졌고 끝내 사라졌다. 대장 체면에 당황한 모습을 보이는 것은 독수리 5형제에게 어울리지 않는 일이라 여겨 이렇게 외쳤다.

"물을 따라가면 돼. 물을 따라가면 아래로 내려가게 되어 있고, 마을이 나올 거야."

우리는 물줄기를 따라 아래로 내려갔다. 길이 끊겨서 물길을 통해 내려가다가 작은 소(물이 모여서 작은 그릇 모양으로 생긴 넓은 공간)를 만났다. 오빠가 제일 먼저 소로 들어갔다. 내려와도 좋다는 손짓에 내가 2번 타자로 내려갔다.
이런! 발이 닿지 않았다. 계곡은 물살이 셌다. 마치 좁은 하수구 속으로 빨려 들어가는 듯했다. 세탁기에 든 빨래처럼 몸이 오른쪽으로 빙빙 도는 통에 몸을 제어할 수가 없었다. 물을 연거푸 마시고, 정신이 혼미해졌다. 처음 경험한 내 죽음의 문턱이었다.
죽음의 문턱까지 가본 이들이 흔히 말하듯 나도 그 짧은 찰나 동안, 13년 인생에서의 수만 가지 장면들, 그리고 그 속의 희로애락이 다시 생생하게 떠올랐던 경험을 오래도록 잊을 수 없었다. 한편으로는 나를 이 세계에서 영원히 지우려는 거역할 수 없는 힘에 극한의 공포를 느꼈다. 그 순간, 한쪽에는 삶이, 다른 쪽에는 죽음이 동시에 열려 있었다. 그때 구원의 손길이 내 머리채를 잡아당겼다. 나보다 머리 하나가 더 컸던 오빠가 저승의 문턱에서 나를 끄집어내었다.

그날 이후로 수영을 배워야 한다는 생각은 늘 의무감으로 남아, 학생 때도 회사 다닐 때도 늘 수영을 배웠다. 수영장에 다녀올 때마다 나를 지킬 수 있겠다는 자신감이 차오르는 것 같았다.

그러던 중 10년 넘는 내 수영 인생을 무색하게 만든 일이 있었다. 50미터 자유형을 한 바퀴 돌고 숨을 몰아쉬고 있는데, 80세 정도 되어 보이는 예쁘장한 할머니가 꽃 달린 수영모를 쓰고, 4미터 깊이의 풀에서 수영하고 있었다. 신체의 움직임이 거의 느껴지지 않아서 처음에는 그냥 물 위에 떠 있는 나뭇잎인 줄 알았다. 자유형도, 배영도, 평영도, 접영도 아닌데, 가볍게 휘휘 저으며 앞으로 나아가는 폼이 예사롭지 않았다. 호기심에 할머니를 따라 해봤지만, 물만 잔뜩 먹었다. 나는 물안경 없이는 물속에서 눈도 못 뜨고, 물 밖으로 고개를 내밀면 꼬르륵 물속으로 가라앉을 뿐이었다.

알고 보니 그건 '생존수영'이라는 수영법이었다. 파도에 휩쓸렸던 초등학생이 생존수영으로 살아남았다는 이야기가 보도되기도 했다. 바닷가에서 800미터가량 떠밀려갔던 이 학생은

사실 수영은 할 줄도 몰랐지만, 학교에서 배운 생존수영 덕에 18분간 물에 떠 있던 끝에 구조되었단다.

내가 살고자 배운 수영이 정작 생존에 도움이 안 된다는 것을 깨달았을 때는 너무 허무했다. 조난 시에 생사의 갈림길에서 나를 지키는 데 필요한 수영법은 따로 있었다. 생존하는 법을 잘 모르는 채 생존할 수 있다고 생각했던 거다. 빠르게 헤엄치는 게 아니라 오래 버티는 게 중요한데, 목적에 맞지 않는 엉뚱한 교육에 매달렸던 거다. 정확한 교육이 필요했다.

위급한 순간을 위해서 정작 생존수영을 따로 익히듯, 죽음에 이르는 때에도 정작 필요한 자세가 따로 있고, 그것을 배우는 것이 중요하다.

그런데 생각해보면 우리 사회는 죽음 혹은 죽음에 잘 이르기 위한 방법에 관해서는 좀처럼 가르치거나 이야기하려 하지 않는다. 죽음의 목전에서 건져진 경험 때문일까, 어릴 때부터 나는 죽음에 관심이 많았다. 하지만 죽음에 대해 기꺼이 이야기 나눠주는 어른은 없었다. 토론은커녕 듣는 것조차 불편해했다. '죽음'이라는 단어조차 함부로 꺼내면 안 되었다. 누구나 한 번은 거쳐야 하는 죽음인데, 마치 없는 일인 듯, 애써 못 본

척 눈감고 쉬쉬했다.
우리 주변에서 죽음은 종종 조용하고 엄숙하며 삶이나 일상과는 엄격히 단절된 사건으로 여겨진다. 누군가의 죽음 앞에서 슬픔과 분노, 당황스러움과 허망함과 같은 감정이 현실을 살아가는 이들을 압도한다. 떠나는 이들에게도 죽음은 언제 어디서 올지 몰라 그저 막연하고 두려운 것이다. 죽음을 마주하는 법을 공부해서 두려움을 떨친다면 '당하는 죽음'이 아니라 '맞이하는 죽음'을 선택할 수 있을까?

사실, 죽음은 한순간이 아니라 삶의 연장선에 있다. 그런 점에서 삶 속에서 죽음을 가르치는 것은 자연스러운 일이라고 하겠다. 미국과 독일, 일본과 같은 나라에서는 초중고 및 대학에서 죽음과 임종에 관한 교육을 한다고 한다. 일본의 경우 세계적인 죽음학자 알폰스 데켄Alfons Deeken의 이론을 바탕으로 죽음준비교육이 자리 잡았다.
교육은 우선 죽음을 맞이하는 사람에게 죽음에 관한 정보를 전달하는 것부터 시작한다. 사람은 죽음에 이르는 과정에서 자신의 죽음을 부정하고 분노하며 타협했다가, 다시 우울해지는 과정을 수없이 반복하게 된다. 따라서 죽음을 목전에 둔 사람의 정서적이고 감정적인 흐름을 이해하고 돕는 방법을 배워야 한다. 한편 죽음은 당사자는 물론 가족에게 때로는 어린 자녀에게까지도 영향을 미치는 사건이므로, 이들 가족에게도 당사자와 유사하게 슬픔, 분노와 같은 감정이 반복된다. 따라서 임종을 지키는 가족에게도 관련 교육과 도움이 필요하다. 이를 통해 죽음을 수용해가는 과정으로 나아가면서 삶과 죽음의 가치를 찾도록 교육한다.

상대적으로 우리나라는 아직 죽음준비교육이 활발하지 못하다. 한 가지 위안으로 삼을 만한 점은, 결국 정답은 본인이 찾아야 한다는 거다. 가족에게 부담이 되지 않을까 걱정하지 않는 죽음, 의미 있는 사람과 함께 준비하는 죽음, 내 삶의 흔적을 정리하는 죽음, 통증이 없는 품위 있는 죽음을 맞이하려면 어떻게 하면 되는지, 각자의 답을 찾고 생각할 기회가 주어진다면 더는 죽음을 당하는 일 없이, 담담하고 평온하게 죽음을 맞이할 수 있을 것이다.

5장

엄마의 소풍은 진행 중

착한 사람 눈에만 보이는 엄마의 세느강

"어휴, 냄새야!"

"딸아, 우리 이게 세느강이라고 생각하자잉. 프랑스에 있는 아름다운 강 말이여. 언젠가 우리는 이렇게 세느강변을 함께 걸을 거드라고."

어린 시절, 동네에 있던 하천은 윗동네 하수까지 흘러들어 심한 악취가 났다. 연탄재와 쓰레기도 널브러져 있고, 시커먼 물이 흘렀다. 엄마 손을 잡고 등교하는 길, 하천을 지날 때마다 코를 감싸 쥐는 나에게 엄마는 늘 세느강 이야기를 했다. 당시 나는 세느강이 아주 아름답기는 하지만 검은 물이 흐르는 강인가 보다 생각했다. 엄마는 그렇게 낭만적인 파리의 강을 꿈꾸며 매일 엄마만의 세느강을 걸었다. 엄마가 가슴에 세느강을 품게 된 것은 대학 때 꿈이 포기되면서부터다.

해외여행이 쉽지 않던 1960년대, 엄마는 우리나라 최초 세계여행가 김찬삼 교수를 보며 세계여행가의 꿈을 꾸었다. 운 좋게도 교수님을 따라 세계여행을 갈 기회도 있었으나, 여자가 어디 외국을 나가느냐며 외할아버지가 호통을 치시는 통에 그만 꿈을 접었다.

결혼을 하고 아이를 낳고서는 먹고사는 일이 치열하게 계속되었다. 힘껏 버텨낸 하루하루가 모이면 그저 그것으로 삶이 되었다. 그 속에 당신을 위한 시간은 존재하지 않았다. 그런데 고진감래라고 할까. 몸이 부서지라고 일한 것을 회사에서 해외여행으로 보상해주었다. 날카로운 첫 여행의 강렬함은 오랜 열망을 확 열어젖혔다. 하지만 당시 해외여행을 간다는 것은 경제적으로도 쉬운 일이 아니었기에 꿈은 꿈으로만 끝날 줄 알았다. 믿을 수 없게도, 엄마는 일본 출장으로 꿈을 한 번 더 이루었다.

그 후 여행은 엄마의 삶에 오아시스가 되었다. 여행은 답답한 삶에 숨통을 틔워주는 여가이자 바쁜 삶을 위로하는 포상이기도 했지만, 세계여행가라는 꿈을 이루지 못한 갈증을 푸는 수단이었다. 엄마는 늘 여행에 대한 소원을 입에 달고 살았다. 엄마의 이야기를 듣고 있으면 지리 시간보다 많은 국가 이름이 나오는 통에 집인지 학교인지 헷갈리기도 했다.

"엄마는 중학교 사회책에 나오는 그랜드캐니언에 꼭 가보고 잡어. 하와이를 경유해서 마이애미까지 미국 서부를 돌아보면 솔찬히 좋겄시야.

세계에서 가장 높다는 엠파이어스테이트빌딩에서 내려다보는 센트럴파크는 얼마나 멋지까잉? 맨해튼의 타임스퀘어도 걸어보고 나이아가라 폭포의 감동도 느껴봤으믄!
동유럽이 자랑하는 체코의 프라하, 헝가리 부다페스트의 야경은 꼭 봐야 헌디!
모든 길은 로마로 통해버링께, 이탈리아에서 시작해서 프랑스, 스위스까지 르네상스 문명의 발자취를 따라가 봐야 하지 않겄냐!
알람브라 궁전과 바르셀로나의 가우디 성당을 보면 놀라움에 입이 다물어지지 않는다고 하니, 스페인과 주변국을 돌고 와야쓰겄네.
이스탄불의 성소피아 성당, 블루 모스크 사원, 카파도키아의 경이로운 자연까지, 터키는 보면 볼수록 볼 게 또 나올 만큼 볼 게 많단디!
인도 여행은 오랜 염원이여! 타지마할과 갠지스강의 바라나시가 품고 있는 세계적 불가사의를 내가 꼭 풀어볼랑께. 일정이 어려우면 인도양의 눈물이라는 스리랑카는 점이라도 찍고 오고 잡다잉."

말하는 대로 이루어진다더니, 엄마가 되뇌던 소원은 마법의 주문처럼 현실로 이루어졌다. 처음에는 가이드의 깃발만 보고 따라다니는 수준이었지만, 점차 경험과 내공이 쌓이면서 가이드 없는 여행도 곧잘 하게 됐다. 이렇게 행복한 일탈을 근 20여 년간 이어나갈 수 있었던 원동력은 다섯 분의 여행메이트다. 이 친구분들은 누군가 '모여라!' 하면 일사천리로 모여서 여행을 다녔다. 긴 세월 동안 의기투합하여 바로 떠날 수 있는 친구가 있다는 것은 정말 행운이다.

중장년 시기 엄마의 건강과 생활을 지켜준 여가도 나이가 들면서 점점 진화되었다. 60대에 접어든 뒤 엄마는 국내로 여행 스타일을 바꾸었다. 이제 장시간의 여행길은 힘들다고, 친근하고 익숙한 국내가 편하다셨다. 특히 엄마는 꽃이 좋은 산책로를 찾아가는 드라이브를 좋아했다. 종종 엄마에게 전화를 걸면 "운전 중. 일단 끊어부러!" 하는 짧은 통화로도 엄마의 행복이 전해졌다. 꽃길 찾는 드라이브를 즐긴 뒤부터 명절이나 가족 모임에서는 어느 꽃길에 다녀왔는지를 이야기하는 게 첫 번째 식순이 됐다.

70대가 되어 운전대를 놓은 엄마는 이제 걸어서 동네 한 바퀴

목욕
청과

를 즐기신다. 극장에 가서 조조영화를 보고, 시장에서 찬거리를 사고, 근처 식당에서 오리탕을 사가지고 귀가하는 것이 일상이다. 어느 날은 탁구장을 발견했다며 엄마는 동네에서도 여행코스를 짠다.

엄마는 20년간 짬짬이 세계여행을 다니고, 10년간 국내여행을 즐기다가, 노년에 들어서는 매일 동네여행을 나선다. 방식은 바뀌었지만, 여전히 여가를 계획하고 즐긴다. 엄마의 인생을 지탱해주었던 건 여행 그리고 세느강이 아니었을까.
오늘도 엄마는 동네로 출근한다. 엄마의 마음속에는 지금도 세느강이 흐르고 있겠지.

엄마 손을 잡고 등교하는 길,
하천을 지날 때마다 코를 감싸 쥐는 나에게
엄마는 늘 세느강 이야기를 했다.
당시 나는 세느강이
아주 아름답기는 하지만
검은 물이 흐르는 강인가 보다 했다.
엄마는 그렇게 매일
엄마만의 세느강을 걸었다.

엄마의 마지막 집

아빠가 60대에 접어드셨을 즈음,

부모님이 아파트에서 여관으로 이사했다. 복잡한 시장통에 있는 제법 오래된 여관이었다. 빨간 카펫이 깔린 살짝 어둡고 좁다란 계단을 따라 2층으로 올라가면 살림하는 방이 나오던 게 아직도 기억난다. 고향 집이 여관으로 바뀐 게 갑작스럽기도 했지만, 그때만 해도 나는 여관이라고 하면, 왠지 음지의 세계 같아 조금 당황스러웠다.

1년도 채 안 된 어느 날, 주인이 건물이 팔렸다고 나가라고 했다기에 이제 우리 집도 여관과는 안녕이구나 했다. 그런데 웬걸, 엄마는 설움과 홧김에 퇴직금과 대출금을 합쳐 시장 근처 여관 골목에 썩 번듯한 2층짜리 여관을 계약했다. 마침 교사로 정년퇴직한 친구 부부가 연금을 받기 시작했다는 얘기를 듣고 너무 부럽기도 했고, 당신들은 노후에 수입이 없는 게 걱정되어 여관을 하기로 했다고도 했다. 3층에 따로 살림집이 딸린 건물이었다.

"아니, 왜 하필 여관을 하려는 건데?"

"엄마도 아빠도 이제 늙잖아. 노후 대책을 세워야 하지 않겄냐잉?"

골이 띵했다. 그전까지는 '노후'라는 단어가 엄마 아빠의 삶에 끼어들리라고는 상상하지 못했다. 그것은 그저 할아버지 할머니의 것인 줄만 알았다. 내 부모님도 노인 세대가 되어간다는 것, 그리고 늙어감은 자연히 맞이할 게 아니라 대책이 필요하다는 것은 적잖은 충격이었다.

그렇게 엄마 아빠는 '세종장'의 운영을 시작했다. 전에 쓰던 이름 그대로였다. 아빠는 이전 주인이 국어 선생님을 하다 퇴직하신 분이셨다며, 당신의 여관이 세종대왕의 이름을 땄다는 이야기를 은근 자랑스럽게 꺼냈다. 그 덕에 나도 여관은 어두운 산업군 아닌가 했던 괜한 걱정을 조금 덜었다. 엄마는 '세종장'을 꼭 '세종호텔'이라고 불렀다. 세종대왕을 등에 업고 여관은 승격되었다. 엄마의 유일한 노후 대책인 여관이 세종대왕의 기운을 가지고 있기를 바랐다.

그런데 아뿔싸! 얼마 지나지 않아 여관 건너편에 있던 종합터미널이 신시가지로 이전해버렸고, 여관 골목과 상권이 무너졌다. 1년 만에 건물 가격은 반 토막이 났고, 팔지도 빌려주지도 못하는 상황이 되었다. 종합터미널 이전 같은 큰 사업은 오래전부터 공지가 되었을 텐데, 알아보지 못한 잘못이다. 바쁘게 사는 자식들 귀찮게 안 하겠다고 노부부가 알아서 하다가 생긴 일이었으니, 자식으로서 부끄럽다. 그나마 노후에 여관이라도 있어 다행이지만, 내가 엄마와 함께 고민하면서 얼마나 어디에 투자해 어떻게 운용할 것인지 제대로 계획하고 시작했으면 좋았겠다는 후회가 크다.

다른 사람을 고용할 형편은 안 되어 늙으신 부모님이 종일 자리를 지키고 있는 게 걱정이 된다고 했더니, 아빠는 종일 앉아 있는 일이라 더 좋다고 했다. 좋아하는 시를 쓰며 시간을 보내니 지루한 줄 모르겠단다.
또 낯선 사람들이 드나드는 것도 늘 마음에 쓰인다고 했더니, 엄마는 손님이 아니라 아빠가 더 문제라며 성토했다. 아빠는 숙박료 밀리는 장기투숙객들에게 돈까지 빌려줬다고 한다. 가끔 돈 빌린 이들이 말없이 사라지더라도, 아빠는 그들이 돈 벌어서 다시 올 거라고 철석같이 믿고 있단다. 봉사를 하는 건지 장사를 하는 건지 복장 터진다던 엄마는 결국 숙박 업무에서 손을 놓았다. 노후설계로 시작한 엄마의 호텔은 아빠의 놀이터가 되었다.
그래도 아빠의 노동은 작게나마 노부부의 생활에 도움이 되고 있다. 그나마 생계 때문에 노구를 이끌고 아직도 고된 일을 하셔야 되는 건 아니라는 게 얼마나 다행인지 모른다.

그렇게 15년여의 세월이 흘렀다. 그새 여관 건물도 많이 낡았다. 건물이라는 게 오래되면 손도 많이 가게 마련이라 노부부가 관리하기에는 어려움이 많다. 이제 엄마는 여관을 계속해야 하는지, 팔고 아파트로 들어가야 하는지 고민한다. 하지만 노년에 여관 일을 계속하기에는 벅차고, 아파트로 들어가면 집만 덩그러니 남아 손주들 사탕 사줄 형편도 안 된다며 걱정이다.
아파트로 이사하면서 주택연금을 신청한다면 집을 담보로 매월 생활비를 받을 수는 있다. 그러면 시쳇말로 집을 깔고 앉아 아무것도 못 하다가, 자식에게 물려주고 인생을 마무리하는 일은 없을 것이다. 그렇게라도 엄마의 마지막 집은 엄마가 맘편히 다 쓰고 가면 좋겠다.

그전까지는 '노후'라는 단어가
엄마 아빠의 삶에 끼어들리라고는
상상하지 못했다.
그것은 그저 할아버지
할머니의 것인 줄만 알았다.
내 부모님도 노인 세대가 되어간다는 것,
늙어감은 자연히 맞이할 게 아니라
대책이 필요하다는 것은
적잖은 충격이었다.

엄마의 국가대표 탁구채

은퇴하고 집에만 있으면 일터에서 보냈던 일고여덟 시간만큼 여가가 늘어난다. 동시에 질병과 싸우는 시간도 길어진다. 이 기간에 무엇을 하며 얼마나 건강하게 보낼지는 곧바로 노년기 삶의 질을 결정한다. 이 시기에 충분한 신체활동을 하는 것은 건강과 정서적 안정 모두를 잡는 좋은 방법이겠다.

다행히도 엄마는 운동을 좋아한다. 핸드볼에다가 배구, 수영, 등산, 걷기 등 그동안 해온 운동만도 꽤 된다. 동네 체육센터에 탁구장이 생겼을 때도 '역시 운동은 땀 흘리는 운동이 최고'라며 행복해했다. 원래 배드민턴을 하고 싶었는데, 센터에서는 엄마가 고령이라 곤란하다고 했단다. 탁구교실에서도 칠십을 넘긴 엄마가 최고령이란다. 엄마가 동네 최고령 탁구선수라니, 새삼 놀랐다. 나이가 많아도 실력에서 밀리진 않을 테니 여러모로 최고의 선수겠다.

"마음은 청춘인디, 늙기는 늙었는갑다잉."

엄마는 탁구에 관해 이야기하는 것만으로도 즐거워 보인다.

같이 편짜고 경기하는 사람들이 다들 60이 넘었으니, 서브 순서를 자주 잊는단다. 그러면 큰소리가 나오고, 자기 말을 무시한다고 삐치고, 안 하겠다고 주저앉아버리는 일도 다반사란다. 하지만 노인끼리는 서로의 심정을 잘 이해하기에 그러려니 하고 같이 논다고 한다. 때로는 노인들 사이에 남녀 간의 좋은 감정들이 생기기도 하고, 함께 어울리는 중에 서로 좋은 에너지를 주고받으며 스트레스나 불안, 외로움 등을 해소할 수 있단다. 요새는 탁구공을 날려주는 기계도 있어서 사교성이 없어도 혼자 충분히 즐길 수 있단다.

시니어 탁구교실로 즐거운 외출을 다닌 지 일주일쯤 되었을 때, 엄마는 강사분께 전문가용 탁구채를 구매하면 좋겠다는 말을 들었다고 했다. 중고등학교 시절 알아주는 핸드볼선수였던 엄마는 체육특기생으로 대학에 갈 뻔했던 실력을 제대로 발휘했나 보다. 물론 센터에 있는 탁구채를 사용해도 되지만, 전문적인 장비를 써야 운동 결과도 좋기 마련이라고 했단다. 엄마가 고른 탁구채는 15만 원짜리와 50만 원짜리 두 가지였다. 그런데 솔직히 내가 가격을 듣고 처음 든 생각은, 비싸다는 것이었다.

대-한민국!!
와-
KOREA

10원짜리 하나도 자기에게 쓰는 걸 아까워하던 엄마가 탁구채가 필요하다며 15만 원, 50만 원까지 이야기하니 기분이 이상했다. 지금 생각해보면 내 편견이 드러나는 순간이었다. 일흔 줄에 접어든 엄마가 국가대표가 될 것도 아닌데, 하는 생각부터 들었다. 교육이나 투자를 미래가 창창한 젊은이들만의 특권처럼 여겼던 거다. 엄마는 엄마의 세상에서 이미 '최고'의 탁구선수인데 말이다. 아들 탁구채를 사본 경험이 있다던 오빠가 탁구채를 선물했다. 엄마는 50만 원짜리라 그런지 공에 대한 반응이 확실히 다르다고 좋아한다.

젊은 엄마에게 일은 많고 여가는 늘 짧았다. 노년에야 긴 여가를 얻은 엄마는 소중한 시간을 무료함 없이 행복하게 보낼 수 있는 활동을 하나 더 찾았다. 컴퓨터에 입문한 것이다. 노인복지센터에서 열리는 컴퓨터 활용 교실은 초급과 중급 과정이 3개월씩 진행되는데, 거기서 만난 어떤 할머니는 초급만 2년째 하고 있다고 한다. 돌아서면 다 잊어버리는 탓에 똑같은 수업만 계속 들었더니 그제야 뭘 좀 알 것 같다고 했단다. 그 할머니는 다음에도 또 초급반 할 거란다.
탁구와 컴퓨터에 첫 도전장을 내민 엄마는 어느새 노인 대열에 들어선 자신을 인정하고, 그 세상에 잘 적응하고 있는 듯하다. 핑, 퐁, 핑, 퐁 탁구채에 공이 부딪히는 경쾌한 소리 그리고 그 사이사이에 땀 냄새 섞인 엄마의 숨소리는 내게 노년을 어떻게 맞아야 할지를 가르쳐주는 듯하다. 오늘도 엄마에게, 그리고 70대의 나에게 응원을 남긴다.

엄마, 시간이 얼마나 걸리든 열심히 도전해서
시니어 탁구 국가대표도 되고,
컴퓨터 국가자격증도 하나 딸 수 있길 응원할게!

6장

근데, 엄마가 보고싶어지면 어떻게 해?

원하는 게 이거 맞아?

장기기증? 시신기증?

엄마가 문자로 사진을 보내왔다.
사진에는 손바닥만 한 크기의 코팅된 종이 위에 다음 글이 쓰여 있었다.

'나는 자유의사에 따라 나의 한 몸을 ○○대학교 의과대학에 기증합니다. 내가 죽은 후에 나의 몸이 해부학 연구에 적합할 경우 상기 대학에 아무 조건 없이 기증하며, 내 한 몸이 양심 있고 실력 있는 의사의 양성, 의학교육의 발전에 보탬이 되시길 빕니다. 내가 불의의 사고를 당했을 때는 가족과 ○○대학교 의과대학 해부학 교실로 연락 바랍니다.
- ○○대학교 의과대학 해부학교실'

헉, 시신기증 등록증이었다.

지난 간병 해방 여행에서 엄마는 치료 효과도 없이 단지 임종 시간만 연장하는 인공호흡기 착용과 심폐소생술과 같은 의료행위인 사전 연명의료를 하지 않거나 중단하는 신청을 하겠다고 이야기했다. 나는 보건복지부가 지정한 등록기관이나 병원에 가서 몇 가지 서류를 작성해 신청하면 된다고 알려드렸다.

얼마 전 아빠와 대학병원에 검진 다녀오시겠다기에, 자연히 사전 연명의료 거부 신청서인 줄 알았다.
엄마에게 갑자기 웬 시신기증이냐고 물었다. 병원에서 교수님들이 친절하게 성심성의껏 진료를 봐주시는 모습을 보고 고마운 마음에 시신기증을 신청했다는 답이 돌아왔다. 원래는 장기기증을 하려다가, 대신 시신기증을 신청했다는 말도 덧붙였다.
엄마 말로는 언젠가 꼭 장기기증을 해야지, 처음 생각하게 된 것은 중증 화상환자들에게 이식할 피부 조직이 부족하다는 다큐멘터리를 보고나서였다. 피부가 부족해서 힘들다니, 그 알 듯 모를 듯한 고통이 느껴지는 것 같았단다. 이식이 필요할 정도의 환자들은 대부분 산업재해나 불의의 사고 피해자라는 점에서 계속 마음에 남았다고 했다.
하지만 당신이 너무 늙어서 자신의 피부나 장기 따위는 쓸 만한 게 없겠다는 생각에 선뜻 장기기증을 신청하지는 못했다고 했다.

"늙은 피부나 콩팥 같은 게 필요할랑가 싶당께."
"누군가에게는 유일한 희망이 되지 않을까?"

"아따 그라믄 그분들을 위해서라도 죽기 전까지 피부 관리를 꾸준히 해야겄네잉. 시방 마스크팩 한 장이라도 좀 붙여야쓰겄다. 하하하."

나는 장기기증에 대해 인터넷을 검색해보았다. 흔히 장기기증으로 알고 있지만, 엄밀하게는 장기기증, 조직기증이 달랐다. 장기기증은 신장, 간장, 췌장, 심장, 폐, 소장, 안구, 손, 팔 등 장기를, 조직기증은 뼈, 연골, 근막, 피부, 양막, 인대, 심장판막, 혈관 등 조직을 기증하는 것이다. 장기·조직기증 희망 등록 시에는 기증 형태를 선택할 수 있다. 콩팥(신장)과 같은 장기를 기증할지, 피부와 같은 조직을 기증할지, 안구만을 기증할지 미리 결정해서 신청하는 것이 좋다.

엄마에게 장기·조직기증은 어디까지 하고 싶은지 물었다. 엄마는 쓸모가 있을지 모르겠지만, 몸뚱이 남겨서 뭐하겠냐, 이왕 줄 거면 몽땅 다 주겠다고 말했다.
장기기증을 하면 평균 3~4명의 목숨을 살린다고 한다. 엄마는 당신이 생명과 사랑을 나누어줄 그 사람들을 위해 책임감이 생긴다며 몸을 잘 쓰다가 좋게 줘야겠다고, 죽을 때도 조심해서 잘 죽어야겠단다.
엄마 말처럼, 기증을 결정하는 순간, 나의 몸을 공공재로서 이웃과 함께 사용하는 듯도 하고, 빌려 쓰는 느낌이 들어 더 조심스러워지겠구나 싶었다. 재가 되거나 진토가 될 줄 알았던 장기들이 꼭 필요한 사람에게 이식된다면, 내 삶이 더욱 특별해지는 것은 물론, 사회에서 받은 여러 도움과 고마움을 갚을 기회가 되겠다는 생각도 들었다.

"그라믄 저번에 병원에서 신청한 시신기증은 어떻게 되는 거냐?"
"시신기증도 장기기증도 언제든지 철회가 가능하니, 원하지 않으면 취소해도 돼."
"아니, 내 걱정은 장기기증하면 몸이 다 훼손되었을 텐디, 시신기증이 되나 싶은 거제."
"그때 상황에 더 적합한 쪽으로 병원에서 잘 준비해줄 거야."
"그냐? 그라믄 시신기증도 유지해야겄네. 학생들 공부하라고. 혹시 알랑가? 새로운 치료법이나 수술법이 나올지? 내 한 몸 바쳐 우리나라 의학이 발전하도록…."

거창한 포부를 밝히며 밝게 웃는 엄마의 말에 코가 시려왔다. 장기기증도 모자라 시신기증까지 해버리면 엄마는 영영 사라지는 것은 아닐까? 아니면 장기이식 수혜자만큼 더 생기게 되는 걸까?

미처 몰랐지만, '어떻게 하면 잘 죽을까?'라는 문제를 엄마는 오래 고민해왔다. 이제 그 하나의 답을 얻은 것일까. 부디 그랬으면 좋겠다.

아빠의 수목장, 엄마의 해양장
그리고 인터넷 봉안당

엄마는 바다를 참 좋아한다. 20대 어느 여름, 태어나서 처음 본 강릉 경포대 바다는 놀라움과 신비로움 그 자체였단다. 밀려오는 파도와 파도 소리, 구름 한 점 없이 수평선이 펼쳐진 아침 바다, 그리고 부글부글 끓으며 떠오르던 새빨간 일출의 장관! 엄마에게 바다는 정말 멋진 추억의 장소다. 바다에는 한 가지 더 특별한 의미가 있다. 엄마는 훗날 바다에 뿌려졌으면 좋겠다고 말했다.

"엄마, 지금도 바다에 뿌려졌으면 좋겠어?"
"맞아, 옛날에 나는 바다에 뿌려졌으면 했었지야. 근데 자꾸 생각이 변해야."
"그래? 지금은 어떻게 하면 좋겠어?"
"참, 시신기증 신청했는디, 그라믄 장례나 화장이나 의미 없는 거 아녀. 딱 좋다야. 묘도 필요 없고, 관도 필요 없고, 수의도 필요 없고!"

알아보니 시신기증의 경우에도 장례를 할 수 있다. 사망 직후 시신 없이 문상객을 받고, 추도식을 하면 된다. 한편 대학에 시신을 인도하면 처음 1년간은 시신이 방부 처리되고, 그 후 약

2년간 해부학 교육에 쓰인다. 교육이나 연구가 다 끝나면 유가족에게 알리고, 교수와 학생들이 모여 고인의 숭고한 뜻을 기리는 추모식을 거행한다. 이후 유가족들이 원하면 화장한 후 바로 유분을 돌려받거나 대학 추모관에 보관한다.

"그라믄 기냥… 바다에 뿌려불까? 근디, 니가 옛날에 그랬제. 엄마 보고 잡을 때, 엄마 찾아갈 곳이 있어야 하지 않을까 하드라고. 그래서 바다보다는 뭔가 점을 찍을 데가 있어야겠다 싶기도 해야."

"전에 아빠가 수목장이 좋아 보인다고 했는데!"

"나도 수목장을 할까? 그래도 한 나무에 같이 뿌리지는 말아라. 죽어서라도 좀 쉬자잉."

"크크크, 죽어서라도 떨어져 있게!"

"참, 담양 농장 옆에 느티나무에 뿌려불까잉? 소풍 삼아 찾아올래? 팻말 하나 걸어놓고…."

"아, 담양 고향에 있는?"

"아냐, 아니다. 담양에 외할아버지 산소도 차로 5분 거리인데, 1년에 한 번밖에 안 가지드라. 하물며 차 타고 옆을 지나가도 인사하는 날보다 안 하는 날이 더 많아야."

"그래? 그래도 가까우니 자주 갈 수 있을 것 같은데?"
"시간이 많이 지낭께, 슬픔도 거두어지드라고, 그리고 난 산소 만드는 것은 별로야. 산소도 납골도 굳이 남길 의미는 없드라만…."

엄마는 산소도 싫다고 하고, 봉안당도 싫다고 한다. 해양장, 수목장까지 관심 있어 하시는 것을 보니 우리 사회의 장례문화나 의식 수준이 조금씩 바뀌고 있는가 보다. 초고령 사회로 나아가며 인생 백세 시대를 앞두고 있는 만큼 죽음을 맞이하는 풍경도 많이 달라지고 있다.

우리보다 먼저 초고령 사회에 진입한 일본에서는 '유골택배 서비스'가 널리 이용되고 있다. 부모님이 돌아가시면, 화장해서 유골을 택배로 절에 보낸 후 절에서 마지막 예를 대신하게 한다. 고령화와 저출산, 핵가족화하는 가족 구조 변화가 만든 현상이다. 독거노인이 고독사하면, 멀리 있는 자식들이 이를 모르는 경우가 많아 지역사회에서 화장한 다음 대신 절에 보내주기도 한다. 가족이라도 서로 폐 끼치기 싫다며 혼자 사는 노인이 많아지면서 유족들이나 찾아올 가족이 없는 노인들은 직접 생전에 예약을 해두는 경우도 많다.

그보다 앞서 인터넷 공간에서 분향을 하고 추모를 하는 인터넷 봉안당도 인기가 있었다. 컴퓨터상에서 산소나 납골을 선택하면 꽃도 꽂을 수 있고, 사진은 물론 고인의 육성과 동영상까지 올릴 수 있다. 보고 싶을 때마다 들러서 글도 남길 수 있다. 엄마는 나에게 당신의 인터넷 봉안당에 사진도 10장씩 올리고, 생각날 때 찾아와서 사는 이야기나 해달라고 한다. 또 꽃은 다 좋아하니, 국화든 장미든 예쁜 꽃으로 백만 송이를 꽂아달라고 당부한다.

엄마의 시간이 오면, 숨은 져도 꽃은 흐드러지게 피어나겠다.

보고 싶을 때 언제고 찾아와서 사는 이야기 들려주렴.

엄마의 장례식에는
화려한 옷을 입고 오세요!

산소, 봉안, 부고, 수의, 관…. 엄마와 이야기할수록 이 어려운 단어들이 조금씩 가벼워진다. 엄마는 세월이 흘러 더 좋은 방식이라 할 만한 장례식이 생기면, 그 방식으로 치러달라는 말도 덧붙인다.

엄마가 꿈꾸는 장례식은 가족들만 모인 소박한 추모 파티면 족하다고 한다. 부의금이나 조화 없이, 다과를 준비해놓고, 유럽의 장례식에서처럼 밝고 감미로운 행진곡을 연주해달라고 한다.

엄마 말대로 그 순간이 오면 누구도 슬퍼하거나 울지 않고, 엄마가 원하던 쇼팽의 행진곡이 흘러나오는 흥겨운 장례식을 진행할 것이다. 그렇게 엄마의 인생 마무리는 엄마가 원하는 그림대로 이루어질 것이다.

"엄마, 죽기 전에 장례식을 해보면 어때?"

"뭐? 누구? 나?"

"응, 엄마의 생전장례식!"

생전장례식이라는 말에 엄마는 깜짝 놀란다. 인간의 수명이 늘어 죽음을 준비해야 할 시간이 길어지면서 사후장례식의 의미가 퇴색하고 있다. 그래서 인생의 늦가을 어느 제일 컨디션 좋은 날을 골라 생전장례식을 하는 사람들이 늘고 있다. 제일 좋아하는 옷을 입고, 부고 대신 초대장을 받아들고 온 문상객 혹은 파티 손님들을 환한 웃음으로 직접 맞이한다. 인생에서 꼭 기억하고 싶은 사람들과 허례허식 없이 추억을 나누고 시도 읊고 노래를 부르고 춤을 추며 작별 인사를 나눈다.

조선 시대 연암 박지원도 거동이 힘들어질 정도로 늙자, 약을 물리고 술상을 차려서 친구들하고 즐겁게 지내다 죽음을 맞이했다고 한다. 그렇게 친구들과 웃고 이야기하는 속에서 죽었다니, 얼마나 행복한 마무리인가.

작가 유시민 씨도 파티장을 꾸며놓고 손편지를 선물로 주고받고, 노래도 부르고, 맥주와 막걸리를 마시며, 서로 이해하고 용서하며 평화롭게 떠나고 싶다고 책에 썼다. 어떤 형식으로 장사의 예를 담아내든, 한 사람의 인생이 오롯이 조명된 장례라면 그 의미는 더 깊은 내용과 가치를 지닐 것이다.

20년 후 엄마의 생전장례식을 그려본다. 그날, 내가 기억할 엄마는 빛바랜 사진들로 그때 그 시간을 꺼내어보고, 즐겨 부르던 노래를 부르며 춤도 추고, 말로 전하기 어려웠던 마음을 편 엄마의 장례식에 초대합니다!

지나 시로 써서 낭독하며 진짜 파티 같은 하루를 보내리라.
또한 떠나는 이도 남는 이도 감사와 존경의 마음이 넘쳐나는 날이기를 소망한다. 고마움을 전해야 하는 분들께는 손을 잡고 인사 나누고, 용서를 구해야 하는 사람에게는 진심 어린 사과를 전하고, 관계를 회복해야 하는 사람에게는 서로 안고 등을 쓰다듬어주는 그런. 죽음도 막지 못할 그리움을 미리 나누는 가슴 저리는 시간도 넣고 싶다. 실컷 울고 다시 웃을 수 있게 하고 싶다. 그렇게 감사, 용서 그리고 사랑을 한자리에 섞어놓으면, 떠나는 자와 남은 자의 삶과 죽음이 같은 색이 되리라. 나아가 한 사람의 마무리되는 삶을 통해 다른 이들은 남은 삶의 가치를 배우고 남은 삶에 대한 아름다운 계획을 세우게 될 것이다.
그날이 오면 엄마의 친구분들을 꼭 한번 대접해드리고 싶다. 코가 떨어져 나가도록 매운 갓김치를 담가주신 분, 청소용 수세미를 넉넉하게 떠주신 분, 한겨울에 쓸 푸근한 솜이불을 만들어주신 분, 한여름 불볕더위 잘 견디라고 인견 반바지를 만들어주신 분, 그리고 20년 동안 변함없이 엄마와 여행을 함께 해주신 다섯 명의 소울메이트분들까지…. 엄마가 돌아가신 후에 그분들을 찾는 것보다 뜻깊은 자리에서 감사 인사를 드리는 것이 더 좋겠지! 참 많은 도움과 사랑을 받았다고 꼭 말하고 싶다.

“엄마, 생전장례식 정말 해보고 싶어?”
“죽기 전에 다 같이 밥 한 끼 하면 좋제!”
“그리고 나나 무스쿠리인가? 엄마가 좋아했던 엘피LP판도 같이 듣고, 한 곡조 뽑기도 하고. 또 사진이나 영상으로 추억 이야기 꺼내면 어때?”
“좋아부러. 어메이징 그레이~~스! 좋은 노래 틀어놓자. 그리고 여행 갔을 때 찍은 사진들 보며 얘기하면 즐겁겠구먼?”

엄마는 당신의 장례식을 이야기하며 어느새 환하게 웃었다. 부모의 죽음을 입에 담고 준비하는 게 불편하고 꺼려지는 일이라고만 생각했다. 하지만 엄마의 장례식으로 엄마의 인생을 조명할 수 있다고 생각하니 역시 잘한 일이었다. 모두가 기억하는 엄마의 마지막 모습이 영정사진 속 어색하게 굳은 표정이 아니라, 아름다운 옷을 입고 행복하게 웃음 짓는 모습으로 기억되기를 바란다.
장례는 가족의 역사와 기억을 소환하는 자리이기에, 어떤 형식이든 그 가치가 다르지 않다. 다만 마지막 효도라는 명목으로 이름도 모르는 검은 옷의 문상객들과 절하며 사흘을 보내는 새까만 장례식보다, 화려한 꽃무늬가 일렁이는 알록달록 행복한 장례식이 엄마에게는 더 어울릴 것 같다.

엄마는 장례식에 무슨 색 옷을 입고 싶어?

책을

덮으며

어! 이거
할머니 된장이 아니네?

된장 맛이 바뀌었다. 엄마가 된장 항아리를 보자기에 싸 들고 나를 찾아오신 어느 날이었다. 우리 가족에게 된장은 담양 외할머니의 소식이며 서로에게 전하는 안부였다. 된장을 받아들자마자 뚜껑을 열고 새끼손가락으로 푸욱 찍어 먹었는데, 모르는 된장 맛이었다.

할머니의 된장, 고추장은 유난히 맛있었다. 동네에서 '순창댁'이라고 불린 우리 할머니는 순창에서 시집온 터라 장 담그는 노하우가 있었다. 늘 방 한구석에 걸려있던 메주는 어느 날 구릿한 냄새와 함께 사라졌다가 된장이나 간장이 되어 아들, 딸네로 각기 배달되었고, 거기서 다시 조금씩 나뉘어 출가한 손주네까지 전해졌다. 그렇게 내가 40여 년간 먹던 된장을 이제는 먹을 수 없게 되었다. 할머니의 치매가 심해지셨기 때문이다.

직접적인 계기는 할머니의 다리가 부러진 것이다. 덕분에 7남매는 혼자서도 잘 생활하시던 할머니를 24시간 돌아가며 간호하게 되었다. 엄마는 6개월여의 간병으로 스트레스가 최고조에 달했을 때, 탈출하듯 나에게 여행을 왔다. 그리고 60대 막내의 통 큰 효도에서 시작된 7남매의 좌충우돌 치매 간병 에피소드를 몇 날 밤사이 무용담처럼 풀어놓았다. 90대 할머니, 70대 엄마, 40대 딸까지 모녀 3대의 인생 결산 수다의 시작이었다.

할머니는 병원에서 퇴원하신 후 집에서 24시간 보살핌을 받으셨다. 치매 간병에 익숙하지 않은 가족들은 잘 몰라서 또는 힘에 부쳐서 이런저런 어려움을 겪으며 날마다 새로운 문제에 봉착했다. 그 과정에서 할머니 역시 몸과 마음에 불편함을 겪으셨을 것이다.

할머니의 거취를 끊임없이 고민하던 엄마는 몇 번의 시행착오를 거쳐 10여 개월 만에 할머니가 혼자 생활하시기에 충분한 방법을 찾아냈다. 할머니는 노인유치원에 다니시며 전보다 만족스러운 생활을 하셨다. 그렇게 4개월이 지났다. 겨울이 지나 봄이 오는 따스한 바람이 불어오던 즈음, 외할머니 눈에서 빛이 조금씩 사라지기 시작했다. 좋다 싫다 표현도 적어지고 말수도 줄었다.

엄마는 할머니가 이제 더는 혼자 지내시기 어려우리라 판단해서 요양원에서 지내시도록 했다. 다행히 노인유치원과 같은 건물에 있는 요양원이라 할머니에게 아주 낯선 환경은 아니었다. 잠도 잘 주무시고 식사도 잘하셔서 오히려 살이 조금 오르셨단다. 가끔 집에 가겠다고 하시는데, 돌봄 선생님들이 달래면 곧잘 따르신다고 한다. 할머니 왕고집 하나는 여전해서 같은 방 다른 어르신과 문을 열고 잘지, 닫고 잘지를 놓고 1시간 넘게 실랑이하실 때도 있다고 한다.

지금은 할머니의 요양원 생활에 관한 근황과 사진을 공유하면서 가톡방이 활발해졌다. 어르신들과 같이 얘기 나누기를 좋아하시고, 운동도 열심히 하시고, 공작 시간도 재미있어 하신단다. 또 돌봄 선생님들이 밤늦게까지 텔레비전을 보시는 할머니의 작은 습관까지 챙겨드려 밤에는 따로 홀에서 모시고 있다가 주무시게 해드린단다.

할머니 덕분에 엄마가 어떻게 삶을 마무리하고 죽음을 맞이하고 싶어 하는지 들을 수 있었던 건 정말 큰 축복이었다. 들을 수 있을 때 귀 기울여 들어야 할 이야기들이었다. 할머니를 가장 가까이에서 지켜보았던 엄마는 당하는 죽음이 아니라, 맞이하는 죽음을 준비하고 싶어 했다. 사전연명의료, 장기 및 시신기증, 장례방식 등에 관한 엄마의 의향을 들으면서 엄마가 삶을 바라보는 관점과 태도를 조금 이해하게 되었다.
나에게 일어난 가장 큰 변화는 늘 두렵고 당하는 것만 같던 죽음을 이제 당당하게 맞이할 수 있을 듯하다는 것이다. 다가오는 늙음을 거부하지 않고 노년을 계획하겠다는 의지도 생겼다. 그중에서도 치매에 대한 막연한 절망에서 벗어났다. 할머니를 보며, 조금씩 기억을 잃어버리는 것은 어쩌면 평온한 마지막을 위한 것일 수도 있겠다는 생각이 들었다. 다만 과정이 너무 갑작스럽지 않게, 더 좋은 치매 관리법이 나오기를 기대해본다.

할머니의 된장, 고추장이 이제 우리 집에 오지 않는다. 세대가 저물고 있다. 누군가의 저묾은 새로운 시작의 밑거름이 된다. 할머니는 시집와서 7남매를 낳고 수십 년을 한곳에서 살며 시어머니, 시아버지 가시는 길을 봐드리고, 언젠가 먼저 간 남편을 뒤따르시리라. 그 딸들은 아들만 챙긴다고 상처받던 시절을 지나 이제는 각자의 자식들에게로 된장, 간장을 챙겨 보낸다. 나는 맏딸인 엄마가 할머니를 돌보는 것을 지켜보며 엄마의 아름다운 마지막 시간을 묻는다. 할머니, 엄마 그리고 나로 이어지는 이야기에는 간간하고 짭조름한 맛이 묻어난다. 마치 잘 숙성된 된장처럼.
그렇게 또 무수한 이야기가 이어질 것이다. 마치 꽃이 피고 지는 것처럼. 할머니에게서 뻗어나갈 이야기와 역사가 또 어떤 삶의 이야기를 피워낼지 기대된다.

이 글을 읽는 당신도 당장 집에 있는 된장 보따리를 열어보기 바란다.

엄마에게 드리는 편지

'엄마, 나 코딱지이~'

하고 마당 한쪽 구석 수돗가에 앉으면, 엄마는 내 가슴팍에 수건을 둘러주었어. 콸콸콸 소리만큼 시원한 물이 대야에 가득 차면, 엄마는 내 목덜미를 잡고, 엄지와 검지로 내 코를 감쌌지. 엄마의 '흥! 해! 흥!' 소리에 온종일 뛰어놀며 쌓인 고단함이, 기억도 나지 않는 일로 쉽게 울음 울던 울음이 다 풀려버렸어.

어른이 되면 다 괜찮을 줄 알았지. 속상한 일에도 의연하고 상처가 나도 다시 일어나고, 아니 울고 싶을 일도 없을 거라고 믿었어. 근데 나는 아직도 속상한 일이 일과이고, 작은 상처에도 아프기만 하더라. 그래서 지금도 세상살이 답답할 때마다 엄마에게 코를 내밀고 싶어. 그럼 엄마의 마법 같은 '흥! 해! 흥!' 소리에 슬픔도 갑갑함도 뻥 뚫릴 거고, '아따 시원하다잉~' 하고 엄마는 그때처럼 웃을 거야.

저번에 통화했던 날, 엄마는 복지관에 식사하러 간다고 했지. 우리 엄마도 이제 복지관에 가는 나이가 되었구나, 기분이 묘했어. 몇 년 전 내가 배식 봉사를 나갔을 때 노인 분들을 뵈며 느꼈던 감정이 다시 느껴지는 것 같더라. 지금은 누군가의 도움을 기다리시지만, 그분들도 각자 치열하고 화려했을 젊은 시절을 지나오셨으리라는 생각에 벅참과 연민이 뒤섞인 눈물이 조금 났거든. 엄마는 그 시간을 어떻게 견디며 걸어왔을지…. 자칭타칭 긍정의 아이콘으로 살아온, 유독 행복한 노래 부르기를 좋아하는 '해피 송' 여사, 70여 년 동안 정말 수고했어요. 존경해요.

엄마로, 인생 선배로, 앞서 걷는 엄마를 바라보며, 삶뿐 아니라 죽음도 배워. 그 덕에 엄마에게 그리고 나에게 노년이나 죽음이 다가와도 마냥 무섭고 당황하지만은 않을 것 같아. 엄마를 편하게 해드리고 싶을 때는 항상 엄마의 입장에서 먼저 헤아릴게. 엄마에게 치매가 찾아오면 엄마의 인격에 맞게 대우해달라고 했던 말을 기억할게. 적적함과 외로움이 커지면 로봇 강아지를 선물하고, 엄마가 좋아한 여행과 운동, 산책을 계속할 수 있도록 도울게. 의미 없는 생명 연장은 하지 말고 장기기증으로 생명을 나누거나 시신을 기증해달라고 한 엄마의 뜻을 기리도록 할게. 엄마와 이별하는 날에는 당당하고 우아한 행진곡이 흐르는 소박한 추모식을 준비할게. 매사를 긍정하고 주변에까지 행복을 나누려던 엄마의 모습이 죽음을 기념하는 날에도 변함없도록. 그렇게 존엄하고 품위 있는 죽음으로 엄마 인생을 완성할 수 있게 내가 도울게.

엄마와 같이 이 책을 쓴 지난 1년간은 내 인생에서 가장 아름답게 기억될 것 같아. 그동안 학생들에게 죽음을 '가르치기'만 했는데, 1년간 제대로 실습한 덕에 앞으로는 학생들과 죽음을 '이야기'할 수 있을 것 같아. 아주 늦어버리기 전에, 가족들과 죽음 그리고 아름다운 마무리에 대한 생각을 나누어보라고 꼭 말해주고 싶어. 나도 죽음에 관한 수다가 이렇게 눈물 콧물 쏙 빠지게 재미있는지 몰랐네. 가족과의 소소한 기억이라도 다시금 꺼내어보는 게 얼마나 따스한지도 새삼 깨달았어. 자로 잰 듯 살던 삶을 조금은 동그랗고 보드랍게 살아야겠다는 생각이 들어. 엄마가 할머니 나이가 되고 내가 엄마 나이가 되면 다시 또 같이 책을 쓸 수 있게 많은 이야기를 만들어가고 싶어.

봄이 오려는지 이틀째 비가 와. 겨울을 녹이는 데는 봄비만한 게 없나 봐. 비 오는 날에는 창밖의 한라산이 구름과 안개에 가려 보이지 않아. 그치만 비구름 너머에 한라산이 여전히 그 자리에 있는 걸 나는 알지. 어떤 날은 온통 자줏빛 철쭉을 휘감은 채 나타나고, 다음 날은 새하얀 눈꽃 옷을 입더라도. 보이는 날에도, 안 보이는 날에도, 즐거운 날에도, 어두운 날에도 늘 거기에 있는 산이 나는 좋아. 엄마는 나에게 산 같은 존재야. 그리고 그게 나에 대한 엄마의 사랑인 걸 알아.

사랑해…
사랑해…
사랑해…

엄마에게 영원히 그치지 않는 메아리를 들려줄게.

사랑해요, 엄마.

봄이 오는 제주에서
엄마 딸이

엄마는 죽을 때 무슨 색 옷을 입고 싶어?
90대 할머니, 70대 엄마, 40대 딸, 모녀 3대의 인생 결산 한판 수다

초판 1쇄 발행 2020년 5월 1일
초판 2쇄 발행 2022년 10월 21일

지은이 신소린

펴낸이 김현태
펴낸곳 해의시간
등록 2018년 10월 12일 제2018-000282호
주소 서울시 마포구 잔다리로 62-1, 3층(04031)
전화 02-704-1251
팩스 02-704-1258
이메일 editor@chaeksesang.com
광고제휴 문의 creator@chaeksesang.com
홈페이지 chaeksesang.com **페이스북** /chaeksesang
인스타그램 @chaeksesang **네이버포스트** bkworldpub

ISBN 979-11-5931-485-8 03810

해의시간은 **책세상**의 자기계발 · 에세이 브랜드입니다.